La maison d'édition tredition, basée à Hambourg, a publié dans la série **TREDITION CLASSICS** des ouvrages anciens de plus de deux millénaires. Ils étaient pour la plupart épuisés ou uniquement disponible chez les bouquinistes.

La série est destinée à préserver la littérature et à promouvoir la culture. Elle contribue ainsi au fait que plusieurs milliers d'œuvres ne tombent plus dans l'oubli.

La figure symbolique de la série **TREDITION CLASSICS**, est Johannes Gutenberg (1400 - 1468), imprimeur et inventeur de caractères métalliques mobiles et de la presse d'impression.

Avec sa série **TREDITION CLASSICS**, tredition à comme but de mettre à disposition des milliers de classiques de la littérature mondiale dans différentes langues et de les diffuser dans le monde entier. Toutes les œuvres de cette série sont chacune disponibles en format de poche et en édition relié. Pour plus d'informations sur cette série unique de livres et sur l'éditeur tredition, visitez notre site: www.tredition.com

tredition a été créé en 2006 par Sandra Latusseck et Soenke Schulz. Basé à Hambourg, en Allemagne, tredition offre des solutions d'édition aux auteurs ainsi qu'aux maisons d'édition, en combinant à la fois édition et distribution du contenu du livre en imprimé et numérique et ce dans le monde entier. tredition est idéalement positionnée pour permettre aux auteurs et maisons d'édition de créer des livres dans leurs propres domaines et sujets sans prendre de risques de fabrication conventionnelles.

Pour plus d'informations nous vous invitons à visiter notre site: www.tredition.com

Tucholsky Wagner Zola Scott Sydow Schlegel
Turgenev Wallace Fonatne Freud

Twain Walther von der Vogelweide Fouqué Friedrich II. von Preußen
Weber Freiligrath Frey
Fechner Fichte Weiße Rose von Fallersleben Kant Ernst Richthofen Frommel
Engels Fielding Hölderlin
Fehrs Faber Flaubert Eichendorff Tacitus Dumas
Feuerbach Maximilian I. von Habsburg Fock Eliasberg Zweig Ebner Eschenbach
Ewald Eliot Vergil
Goethe Elisabeth von Österreich London
Mendelssohn Balzac Shakespeare Dostojewski Ganghofer
Trackl Lichtenberg Rathenau Doyle Gjellerup
Mommsen Stevenson Tolstoi Hambruch Droste-Hülshoff
Thoma Lenz Hanrieder
Dach Verne von Arnim Hägele Hauff Humboldt
Karrillon Reuter Rousseau Hagen Hauptmann Gautier
Garschin Damaschke Defoe Hebbel Baudelaire
Descartes Hegel Kussmaul Herder
Wolfram von Eschenbach Dickens Schopenhauer Rilke George
Bronner Darwin Melville Grimm Jerome Bebel
Campe Horváth Aristoteles Proust
Bismarck Vigny Barlach Voltaire Federer Herodot
Gengenbach Heine
Storm Casanova Tersteegen Grillparzer Georgy
Chamberlain Lessing Gilm
Brentano Langbein Gryphius
Strachwitz Claudius Schiller Lafontaine
Katharina II. von Rußland Bellamy Schilling Kralik Iffland Sokrates
Gerstäcker Raabe Gibbon Tschechow
Löns Hesse Hoffmann Gogol Wilde Gleim Vulpius
Luther Heym Hofmannsthal
Roth Heyse Klopstock Klee Hölty Morgenstern Goedicke
Luxemburg Puschkin Homer Kleist
Machiavelli La Roche Horaz Mörike Musil
Navarra Aurel Musset Kierkegaard Kraft Kraus
Nestroy Marie de France Lamprecht Kind Kirchhoff Hugo Moltke
Nietzsche Nansen Laotse Ipsen Liebknecht
Marx Ringelnatz
von Ossietzky Lassalle Gorki Klett Leibniz
May vom Stein Lawrence Irving
Petalozzi Platon Knigge
Sachs Poe Pückler Michelangelo Kock Kafka
Liebermann
de Sade Praetorius Mistral Zetkin Korolenko

La petite comtesse

Octave Feuillet

Mentions légales

Cette œuvre fait partie de la série TREDITION CLASSICS.

Auteur: Octave Feuillet
Conception de couverture: toepferschumann, Berlin (Allemagne)

Editeur: tredition GmbH, Hambourg (Allemagne)
ISBN: 978-3-8491-3756-4

www.tredition.com
www.tredition.de

L'objectif de TREDITIONS CLASSICS est de mettre à nouveau à disposition des milliers d'œuvres de classiques français, allemands et d'autres langues disponible dans un format livre. Les œuvres ont été scannés et digitalisés. Malgré tous les soins apportés, des erreurs ne peuvent pas être complètement exclues. Nos partenaires et nous même, tredition, essayons d'aboutir aux meilleurs résultats. Toutefois, si des fautes subsistent, nous vous prions de nous en excuser. L'orthographe de l'œuvre originale a été reprise sans modification. Il se peut que ce dernier diffère de l'orthographe utilisée aujourd'hui.

[Transcriber's note: Octave Feuillet, *La petite comtesse* (1878), édition de 1879]

LA PETITE COMTESSE

CALMANN LEVY, EDITEUR

OEUVRES COMPLETES

D'OCTAVE FEUILLET

DE L'ACADEMIE FRANCAISE

LA PETITE COMTESSE

LE PARC - ONESTA

PAR

OCTAVE FEUILLET

DE L'ACADEMIE FRANCAISE

NOUVELLE EDITION

PARIS

CALMANN LEVY, EDITEUR

ANCIENNE MAISON MICHEL LEVY FRERES

RUE AUBER, 3, ET BOULEVARD DES ITALIENS

A LA LIBRAIRIE NOUVELLE

1879

LA

PETITE COMTESSE

ETUDE DE LA VIE MONDAINE

LA

PETITE COMTESSE

I

Du Rozel, 15 septembre.

Il est neuf heures du soir, mon ami, et tu arrives d'Allemagne. On te remet ma lettre, dont le timbre t'annonce d'abord que je suis absent de Paris. Tu te permets un geste d'humeur, et tu me traites de vagabond. Cependant, tu te plonges dans ton meilleur fauteuil, tu ouvres ma lettre, et tu apprends que je suis installé depuis cinq jours dans un moulin de basse Normandie. — "Un moulin! comment diantre! que peut-il faire dans un moulin?" — Ton front se plisse, tes sourcils se rapprochent: tu déposes ma lettre pour un moment, tu prétends pénétrer ce mystère par le seul effort de ton imaginative. Soudain un aimable enjouement se peint sur tes traits; ta bouche exprime l'ironie du sage, tempérée par l'indulgence de l'ami, tu as entrevu dans un nuage d'opéra-comique une meunière poudrée, un corsage de rubans en échelle, une jupe fine et courte, et des bas à coins dorés; bref, une de ces meunières dont le coeur fait tic tac avec accompagnement de hautbois. — Mais les Grâces, qui se jouent sans cesse devant ta pensée, l'égarent parfois: ma meunière ressemble à la tienne comme je ressemble au jeune Colin; elle est coiffée d'un vaste bonnet de coton, auquel la couche la plus intense de farine ne réussit pas à rendre sa couleur primitive; elle porte un jupon d'une laine grossière, qui écorcherait la peau d'un éléphant; bref, il m'arrive fréquemment de confondre la meunière avec le meunier; après quoi, il est superflu d'ajouter que je ne suis nullement curieux de savoir si son coeur fait tic tac.

La vérité est que, ne sachant comment tuer le temps, en ton absence, et n'ayant pas lieu d'espérer ton retour avant un mois (c'est ta faute), j'ai sollicité une mission. Le conseil général du département de… venait tout à point d'émettre le voeu qu'une certaine abbaye ruinée, dite l'abbaye du Rozel, fût classée parmi les monuments historiques: on m'a chargé d'examiner de près les titres de la postulante. Je me suis rendu en toute hâte au chef-lieu de ce département *artistique*, où j'ai fait mon entrée avec la gravité importante d'un homme qui tient entre ses mains la vie ou la mort d'un monument cher au pays. J'ai pris dans l'hôtel quelques renseignements: grande a été ma mortification quand j'ai reconnu que personne ne paraissait soupçonner qu'une abbaye du Rozel existât ou eût jamais existé à cent lieues à la ronde. — Je me suis présenté à la préfecture, sous le coup de ce désenchantement: le préfet, qui est V…, que tu connais, m'a reçu avec sa bonne grâce ordinaire; mais aux questions que je lui adressais sur l'état des ruines qu'il s'agissait de conserver à l'amour traditionnel de ses administrés, il m'a répondu, avec un sourire distrait, que sa femme, qui avait vu ces ruines dans une partie de campagne, pendant son séjour aux bains de mer, m'en parlerait mieux qu'il ne saurait le faire.

Il m'invita à dîner, et, le soir, madame V…, après les combats ordinaires de la pudeur expirante, me montra sur son album quelques vues des fameuses ruines dessinées avec goût. Elle s'exalta tout doucement en me parlant de ces vénérables restes, encadrés, si on l'en croit, dans un site enchanteur, et fort propres, surtout, aux parties de campagne. Un regard suppliant et corrupteur termina sa harangue. Il me semble évident que cette jeune femme est la seule personne du département qui porte à cette pauvre vieille abbaye un intérêt véritable, et que les pères conscrits du conseil général ont émis un voeu de pure galanterie. Au surplus, il m'est impossible de ne pas me ranger à leur opinion: l'abbaye a de beaux yeux; elle mérite d'être classée, elle le sera.

Mon siége était donc fait, dès ce moment; mais il fallait encore l'écrire et l'appuyer de quelques pièces justificatives. Malheureusement, les archives et les bibliothèques locales n'abondent pas en traditions relatives à mon sujet: après deux jours de fouilles consciencieuses, je n'avais recueilli que de rares et insignifiants documents, qui peuvent se résumer dans ces deux lignes: "L'abbaye du Rozel, commune du Rozel, a été habitée de temps immémorial par les moines, — qui l'ont quittée lorsqu'elle a été détruite."

C'est pourquoi je résolus d'aller, sans plus de retard, demander leur secret à ces ruines mystérieuses, et de multiplier au besoin les artifices de mon crayon pour suppléer à la concision forcée de ma plume. — Je partis mercredi matin pour le gros bourg de ***, qui n'est qu'à deux ou trois lieues de l'abbaye. Un coche normand, compliqué d'un cocher normand, me promena tout le jour, comme un monarque indolent, le long des haies normandes. Le soir, j'avais fait douze lieues, et mon cocher douze repas. Le pays est beau, quoique d'un caractère agreste un peu uniforme. Sous un bocage éternel se déploie une verdure opulente et monotone, dans l'épaisseur de laquelle ruminent des boeufs satisfaits. Je conçois les douze repas de mon cocher: l'idée de manger doit se présenter fréquemment et presque uniquement à l'imagination de tout homme qui passe sa vie au milieu de cette grasse nature, dont l'herbe même donne appétit.

Vers le soir cependant, l'aspect du paysage changea: nous entrâmes dans des plaines basses, marécageuses et nues comme des steppes, qui s'étendaient de chaque côté de la route; le bruit des roues sur la chaussée prit une sonorité creuse et vibrante; des joncs de couleur sombre et de hautes herbes d'apparence malsaine couvraient, à perte de vue, la surface noirâtre du marais. J'aperçus au loin, à travers le crépuscule et derrière un rideau de pluie, deux ou trois cavaliers lancés à toute bride, qui parcouraient, comme affolés, ces espaces sans bornes: ils s'ensevelissaient par intervalles dans les bas-fonds du pâturage, et reparaissaient tout à coup, galopant toujours avec la même frénésie. Je ne pouvais imaginer vers quel but idéal se précipitaient ces fantômes équestres. Je n'eus garde de m'en informer. Le mystère est doux et sacré.

Le lendemain, je m'acheminai vers l'abbaye, emmenant dans mon cabriolet un grand paysan qui avait les cheveux jaunes, comme Cérès. C'était un valet de ferme qui demeurait depuis sa naissance à deux pas de mon monument; il m'avait entendu, le matin, prendre des informations dans la cour de l'auberge, et s'était offert obligeamment à me conduire aux ruines, qui étaient la première chose qu'il eût vue en venant au monde. Je n'avais nul besoin d'un guide: j'acceptai cependant l'offre de ce garçon, dont l'officieux bavardage semblait me promettre une conversation suivie, où j'espérais surprendre quelque légende intéressante; mais, dès qu'il eut pris place à mes côtés, le drôle devint muet: mes questions semblaient même, je ne sais pourquoi, lui inspirer une profonde méfiance, voisine de la colère. J'avais affaire au génie des ruines, gardien jaloux de leurs trésors. En revanche, j'eus l'avantage de le ramener chez lui en voiture: c'était apparemment ce qu'il avait voulu, et il eut tout lieu d'être satisfait de ma complaisance.

Après avoir déposé devant sa porte cet agréable compagnon, je dus mettre moi-même pied à terre: un escalier de rochers, serpentant sur le flanc d'une lande, me conduisit au fond d'une étroite vallée, qui s'arrondit et s'allonge entre une double chaîne de hautes collines boisées. Une petite rivière y dort sous les aulnes, séparant deux bandes de prairies fines et moelleuses comme les pelouses d'un parc: on la traverse sur un vieux pont d'une seule arche, qui dessine dans une eau tranquille le reflet de sa gracieuse ogive. Sur la droite, les collines se rapprochent en forme de cirque, et semblent réunir leurs courbes verdoyantes: à gauche, elle s'évasent et vont se perdre dans la masse haute et profonde d'une forêt. La vallée est ainsi close de toutes parts, et offre un tableau dont le calme, la fraîcheur et l'isolement pénètrent l'âme. Si l'on pouvait jamais trouver la paix hors de soi-même, ce doux asile la donnerait: il en donne du moins pour un instant l'illusion.

Le site eût suffi pour me faire deviner l'abbaye, qui sans doute succéda à l'ermitage. Dans cette période de transition brutale et convulsive qui ouvrit si péniblement l'ère moderne, quel immense besoin de repos et de recueillement devait se faire sentir aux âmes délicates et aux esprits contemplatifs! — Je lis dans le coeur du moine, du poëte, du spiritualiste inconnu que le hasard amena un jour, au milieu de cet âge terrible, que la pente de ces collines, et qui découvrit soudain le trésor de solitude qu'elles recélaient: je me figure l'attendrissement de ce rêveur fatigué en face d'une scène si paisible; je me le figure, et, en vérité, je ne suis pas loin de le partager. Notre époque, à travers de grandes dissemblances, n'est pas sans quelques rapports essentiels avec les premiers temps du moyen âge: le désordre moral, la convoitise matérielle, la violence barbare, qui caractérisaient cette phase sinistre de notre histoire, ne semblent éloignés de nous, aujourd'hui, que par la distance qui sépare la théorie de la pratique, le complot de l'exécution, et l'âme perverse de la main criminelle.

Les ruines de l'abbaye sont adossées à la forêt. Ce qui survit de l'abbaye elle-même est peu de chose: à l'entrée de la cour, une porte monumentale; une aile de bâtiment du XIIe siècle, où loge la famille du meunier dont je suis l'hôte; la salle du chapitre, remarquable par d'élégants arceaux et quelques traces de peintures murales; enfin, deux ou trois cellules, dont une paraît avoir servi de lieu de correction si j'en juge par la solidité de la porte et des verrous. Le reste a été démoli, et se retrouve par fragments dans les maisonnettes du voisinage. L'église, qui a presque les proportions d'une cathédrale, est d'une belle conservation et d'un effet merveilleux. Le portail et le chevet de l'abside ont seuls disparu: toute l'architecture intérieure, les voussures, les hautes colonnes, sont intactes et comme faites d'hier. Là, il semble qu'un artiste ait présidé à l'oeuvre de destruction: un coup de pioche magistral a ouvert aux deux extrémités de l'église, à la place du portail et à la place de l'autel, deux baies gigantesques, de sorte que le regard, du seuil de l'édifice, plonge dans la forêt comme à travers un profond arc triomphal. Dans ce lieu solitaire, cela est inattendu et solennel. J'en fus ravi.

— Monsieur, dis-je au meunier, qui, depuis mon arrivée, observait de loin chacun de mes pas avec cette méfiance féroce qui semble particulière au pays, je suis chargé d'étudier et de dessiner ces ruines. Ce travail me demandera plusieurs jours: ne pourriez-vous m'épargner une course quotidienne du bourg à l'abbaye, en me logeant chez vous, tant bien que mal, pendant une semaine ou deux?

Le meunier, Normand de race, m'examina des pieds à la tête sans me répondre, en homme qui sait que le silence est d'or: il me toisa, me jaugea, me pesa, et finalement, desserrant ses lèvres enfarinées, il appela sa femme. La meunière apparut alors sur le seuil de la salle du chapitre, convertie en étable à veaux, et je dus lui renouveler ma demande. Elle m'examina, à son tour, mais moins longuement que son mari, et, avec le flair supérieur de son sexe, sa conclusion fut, comme j'avais droit de m'y attendre, celle du *Proeses* dans *le Malade*:
— *Dignus es intrare.* Le meunier, qui vit la tournure que prenaient les choses, souleva son bonnet et me régala d'un sourire. Ces braves gens, du reste, une fois la glace rompue, s'ingénièrent à me dédommager, par mille attentions empressées, de la prudence de leur accueil. Ils voulaient m'abandonner leur propre chambre, ornée des

Aventures de Télémaque, à laquelle je préférai — comme eût fait Mentor — une cellule d'une austère nudité, dont la fenêtre à petits carreaux losangés s'ouvre sur le portail ruiné de l'église et sur l'horizon de la forêt.

Plus jeune de quelques années, j'aurais joui très-vivement de cette poétique installation; mais je grisonne, ami Paul, ou du moins j'en ai peur, bien que j'essaye encore d'attribuer à de simples jeux de lumière les tons douteux dont ma barbe s'émaille au soleil de midi. Toutefois, si ma rêverie a changé d'objet, elle dure encore et me charme toujours. Mon sentiment poétique s'est modifié, et je crois qu'il s'est élevé. L'image d'une femme n'est plus l'élément indispensable de mon rêve: mon coeur, plus calme, et qui s'étudie à l'être, se retire peu à peu du champ où s'exerce ma pensée. Je ne puis, je l'avoue, trouver un plaisir suffisant dans les pures et sèches méditations de l'intelligence: il faut que mon imagination parle d'abord et donne le branle à mon cerveau, car je suis né romanesque, romanesque je mourrai, et tout ce qu'on peut me demander, tout ce que je puis obtenir de moi, à l'âge où la bienséance commande déjà la gravité, c'est de faire des romans sans amour.

Les monuments du passé favorisent cette disposition incurable de mon esprit: ils m'aident à ressusciter les moeurs, les passions, les idées de leurs anciens habitants, et à interroger, sous les caractères variés de chaque époque, la vieille énigme de la vie. — Dans cette cellule où je t'écris, je ne manque pas d'évoquer, chaque soir, des robes de bure et des visages macérés: un moine m'apparaît, tantôt à genoux dans cet angle obscur, sur cette dalle usée, plongé dans les heureuses extases de la foi, tantôt accoudé sur cette noire tablette de chêne, couvrant d'auréoles d'or le parchemin des missels, perpétuant les oeuvres du génie antique, ou poursuivant sa science, qui l'effraye, jusqu'aux limites de la magie. Un autre fantôme, debout près de l'étroite fenêtre, attache son regard humide sur la profondeur de ces bois, qui lui rappellent les chasses chevaleresques et les palefrois des châtelaines. — Tu en diras ce qu'il te plaira, j'aime les moines, non pas les moines de la décadence, les moines fainéants, pansus et verts gaillards, qui firent la joie de nos pères, et qui ne font pas la mienne. J'aime et je vénère cette ancienne société monastique, telle que je me la figure, recrutée parmi les races malheureuses et vaincues, conservant seule, au milieu d'un monde barbare, le sentiment et le goût des jouissances de l'esprit, ouvrant un refuge, et le seul refuge possible dans une telle époque, à toute intelligence qui laissait voir, fût-ce sous le sayon de l'esclave, quelque étincelle de génie. Combien de poëtes, de savants, d'artistes, d'inventeurs anonymes ont dû bénir, pendant dix siècles, ce droit d'asile respecté, qui les avait arrachés aux misères poignantes et à la vie bestiale de la glèbe! L'abbaye aimait à découvrir ces pauvres penseurs plébéiens et à seconder le développement de leurs aptitudes diverses: elle leur assurait le pain de chaque jour et le doux bienfait du loisir, elle s'honorait et se parait de leurs talents. Quoique leur cercle fût étroit, ils y exerçaient, du moins librement, les facultés qu'ils tenaient de Dieu: ils vivaient heureux, quoiqu'ils dussent mourir ignorés.

Que plus tard le cloître se soit écarté de ces nobles et sévères traditions, qu'il ait dégénéré de chute en chute jusqu'aux frères Fredons et jusqu'au directeur spirituel de Panurge, cela est possible; il a dû subir le destin commun à toutes les institutions qui ont fait leur temps, et qui survivent à leur oeuvre accomplie. Toutefois, il se peut bien que l'esprit gaulois de la bourgeoisie émancipée, auquel vint s'ajouter bientôt l'esprit de la Réforme, ait dessiné dans nos vieilles abbayes plus de caricatures que de portraits. Quoi qu'il en soit, même en lisant Rabelais avec le respect qu'il convient, aucun homme doué de pensée ne saurait oublier que, durant cette triste nuit du moyen âge, le dernier rayon de la pure vie intellectuelle éclaire le front pâle du moine.

Jusqu'à présent, l'ennui m'a épargné dans ma solitude. T'avouerai-je même que j'y éprouve un contentement singulier? Il me semble que je suis à mille lieues des choses d'ici-bas, et qu'il y a une sorte de trêve et de temps d'arrêt dans la misérable routine de mon existence, à la fois tourmentée et banale. Je savoure ma complète indépendance avec l'allégresse naïve d'un Robinson de douze ans. Je dessine quand il me plaît; le reste du temps, je me promène çà et là à l'aventure, en ayant grand soin de ne jamais franchir les bornes du vallon sacré. Je m'assois sur le parapet du pont, et je regarde couler l'eau; je vais à la découverte dans les ruines; je m'enfonce dans les souterrains: j'escalade les degrés rompus du beffroi; je ne puis les redescendre, et je demeure à cheval sur une gargouille, faisant une assez sotte figure, jusqu'à ce que le meunier m'apporte une échelle. Je m'égare la nuit dans la forêt, et je vois passer les chevreuils au clair de lune. Que veux-tu! tout cela me berce agréablement, et me produit l'impression d'un rêve d'enfant, que je fais dans l'âge mûr.

Ta lettre, datée de Cologne, et qu'on m'a renvoyée ici suivant mes instructions, a seule troublé ma béatitude. Je me console difficilement d'avoir quitté Paris presque à la veille de ton retour. Que le ciel confonde tes caprices et ton indécision! Tout ce que je puis faire maintenant, c'est de hâter mon travail; mais où trouver les documents historiques qui me manquent? Je tiens sérieusement à sauver ces ruines. Il y a là un paysage rare, un tableau de prix, qu'on ne peut laisser périr sans vandalisme.

Et puis j'aime les moines, te dis-je. Je veux rendre à leurs ombres cet hommage de sympathie. Oui, si j'avais vécu, il y a quelque mille ans, j'aurais certainement cherché parmi eux le repos du cloître en attendant la paix du ciel. Quelle existence m'eût mieux convenu? Sans souci de ce monde et assuré de l'autre, sans troubles du coeur ni de l'esprit, j'aurais écrit paisiblement de douces légendes auxquelles j'eusse été crédule, j'aurais déchiffré curieusement des manuscrits inconnus et découvert en pleurant de joie l'*Iliade* ou l'*Enéide*; j'aurais dessiné des rêves de cathédrale, chauffé des alambics, — et peut-être inventé la poudre: ce n'est pas ce que j'aurais fait de mieux.

Allons, il est minuit: frère, il faut dormir.

Post-Scriptum. — Il y a des spectres! Je fermais cette lettre, mon ami, au milieu d'un silence solennel, quand soudain mon oreille s'est emplie de bruits mystérieux et confus, qui paraissaient venir du dehors, et où j'ai cru distinguer le sourd murmure d'une foule. Je me suis approché, fort surpris, de la fenêtre de ma cellule, et je ne saurais trop te dire la nature précise de l'émotion que j'ai ressentie en apercevant les ruines de l'église éclairées d'une lumière resplendissante : le vaste portail et les ogives béantes jetaient des flots de clarté jusque sur les bois lointains. Ce n'était point, ce ne pouvait être un incendie. J'entrevoyais, d'ailleurs, à travers les trèfles de pierre, des ombres de taille surhumaine, qui passaient dans la nef, paraissant exécuter avec une sorte de rythme quelque cérémonie bizarre. — J'ai brusquement ouvert ma fenêtre: au même instant, de bruyantes fanfares ont éclaté dans la ruine, et ont fait retentir tous les échos de la vallée; après quoi, j'ai vu sortir de l'église une double file de cavaliers armés de torches et sonnant du cor, quelques-uns vêtus de rouge, d'autres drapés de noir et la tête couverte de panaches. Cette étrange procession a suivi, toujours dans le même ordre, avec le même éclat et les mêmes fanfares, le chemin ombragé qui borde les prairies. Arrivée sur le petit pont, elle a fait une station: j'ai vu les torches s'élever, s'agiter et lancer des gerbes d'étincelles; les cors ont fait entendre une cadence prolongée et sauvage; puis, soudain, toute lumière a disparu, tout bruit a cessé, et la vallée s'est ensevelie de nouveau dans les ténèbres et dans le silence profond de minuit. Voilà ce que j'ai vu, entendu. Toi qui arrives d'Allemagne, as-tu rencontré le chasseur Noir? Non? Pends-toi donc!

II

16 septembre.

L'ancienne forêt de l'abbaye appartient à un riche propriétaire du pays, le marquis de Malouet, descendant de Nemrod, et dont le château paraît être le centre social du pays. Il y a presque chaque jour, en cette saison, grande chasse dans la forêt: hier, la fête s'acheva par un souper sur l'herbe suivi d'un retour aux flambeaux. J'aurais volontiers étranglé l'honnête meunier qui m'a donné, à mon réveil, cette explication en langue vulgaire de ma ballade de minuit.

Voilà donc le monde qui envahit avec toutes ses pompes ma chère solitude. Je le maudis, Paul, dans toute l'amertume de mon coeur. Je lui ai dû hier soir, à la vérité, une apparition fantastique qui m'a charmé; mais je lui dois aujourd'hui une aventure ridicule, dont je suis seul à ne point rire, car j'en suis le héros.

J'étais ce matin mal disposé au travail; j'ai dessiné toutefois jusqu'à midi, mais il m'a fallu y renoncer: j'avais la tête lourde, l'humeur maussade, je sentais vaguement dans l'air quelque chose de fatal. Je suis rentré un instant au moulin pour y déposer mon attirail; j'ai chicané la meunière consternée au sujet de je ne sais quel brouet cruellement indigène qu'elle m'avait servi à déjeuner; j'ai rudoyé les deux enfants de cette bonne femme qui touchaient à mes crayons; enfin, j'ai donné au chien du logis un coup de pied accompagné de la célèbre formule: "Juge, si tu m'avais fait quelque chose!"

Assez peu satisfait de moi-même, comme tu le penses, après ces trois petites lâchetés, je me suis dirigé vers la forêt pour m'y dérober autant que possible à la lumière du jour. Je me suis promené près d'une heure sans pouvoir secouer la mélancolie prophétique qui m'obsédait. Avisant enfin, au bord d'une des avenues qui traversent la forêt, et sous l'ombrage des hêtres, un épais lit de mousse, je m'y suis étendu avec mes remords, et je n'ai pas tardé à m'y endormir d'un profond sommeil. — Dieu! que n'était-ce celui de la mort!

Je ne sais depuis combien de temps je dormais, quand j'ai été réveillé tout à coup par un certain ébranlement du sol dans mon voisinage immédiat: je me suis levé brusquement, et j'ai vu, à quatre pas de moi, dans l'avenue, une jeune femme à cheval. Mon apparition subite a un peu effrayé le cheval, qui a fait un écart. La jeune femme, qui ne m'avait pas encore aperçu, le ramenait en lui parlant. Elle m'a paru jolie, mince, élégante. J'ai entrevu rapidement des cheveux blonds, des sourcils d'une nuance plus foncée, un oeil vif, un air de hardiesse, et un feutre à panache bleu campé sur l'oreille avec trop de crânerie. — Pour l'intelligence de ce qui va suivre, il faut que tu saches que j'étais vêtu d'une blouse de touriste maculée d'ocre rouge; de plus, je devais avoir cet oeil hagard et cette mine effarée qui donnent à celui qu'on éveille en sursaut une physionomie à la fois comique et alarmante. Joins à tout cela une chevelure en désordre, une barbe semée de feuilles mortes, et tu n'auras aucune peine à t'expliquer la terreur qui a subitement bouleversé la jeune chasseresse au premier regard qu'elle a jeté sur moi: — elle a poussé un faible cri, et, tournant bride aussitôt, elle s'est sauvée au galop de bataille.

Il m'était impossible de me méprendre sur la nature de l'impression que je venais de produire: elle n'avait rien de flatteur. Toutefois, j'ai trente-cinq ans, et il ne me suffit plus, Dieu merci, du coup d'oeil plus ou moins bienveillant d'une femme pour troubler la sérénité de mon âme. J'ai suivi d'un regard souriant la fuyante amazone; à l'extrémité de l'allée dans laquelle je venais de ne point faire sa conquête, elle a tourné brusquement à gauche, s'engageant dans une avenue parallèle. Je n'ai eu qu'à traverser le fourré voisin pour la voir rejoindre une cavalcade composée de dix ou douze personnes, qui semblaient l'attendre, et auxquelles elle criait de loin, d'une voix entrecoupée: "Messieurs! messieurs! un sauvage! il y a un sauvage dans la forêt!"

Intéressé par ce début, je m'installe commodément derrière un épais buisson, l'oeil et l'oreille également attentifs. On entoure la jeune femme; on suppose d'abord qu'elle plaisante, mais son émotion est trop sérieuse pour n'avoir point d'objet. Elle a vu, elle a bien clairement vu, non pas précisément un sauvage si l'on veut, mais un homme déguenillé dont la blouse en lambeaux semblait couverte de sang, dont le visage, les mains et toute la personne étaient d'une saleté repoussante, la barbe effroyable, les yeux à moitié sortis de leurs orbites; bref, un individu près duquel le plus atroce brigand de Salvator n'est qu'un berger de Watteau. Jamais amour-propre d'homme ne fut à pareille fête. Cette charmante personne ajoutait que je l'avais menacée, et que je m'étais jeté, comme le spectre de la forêt du Mans, à la tête de son cheval. — A ce récit merveilleux répond un cri général et enthousiaste: "Donnons-lui la chasse! cernons-le! traquons-le! hop! hourra!" Et, là-dessus, toute la cavalerie s'ébranle au galop sous la direction de l'aimable conteuse.

Je n'avais, suivant toute apparence, qu'à demeurer tranquillement blotti dans ma cachette pour dépister les chasseurs, qui m'allaient chercher dans l'avenue où j'avais rencontré l'amazone. Malheureusement, j'eus la pensée, pour plus de sûreté, de gagner le fourré qui se présentait en face de moi. Comme je traversais le carrefour, avec précaution, un cri de joie sauvage m'apprend que je suis aperçu; en même temps, je vois l'escadron tourner bride et revenir sur moi comme un torrent. Un seul parti raisonnable me restait à prendre, c'était de m'arrêter, d'affecter l'étonnement d'un honnête promeneur qu'on dérange, et de déconcerter mes assaillants par une attitude à la fois digne et simple; mais, saisi d'une sotte honte, qu'il est plus facile de concevoir que d'expliquer, convaincu, d'ailleurs, qu'un effort vigoureux allait suffire pour me délivrer de cette poursuite importune et pour m'épargner l'embarras d'une explication, je commets la faute, à jamais déplorable, de hâter le pas, ou plutôt, pour être franc, de me sauver à toutes jambes. Je traverse le chemin comme un lièvre, et je m'enfonce dans le fourré, salué au passage d'une salve de joyeuses clameurs. Dès cet instant, mon destin était accompli; toute explication honorable me devenait impossible; j'avais ostensiblement accepté la lutte avec ses chances les plus extrêmes.

Cependant, je possédais encore une certaine dose de sang-froid, et, tout en fendant les broussailles avec fureur, je me berçais de réflexions rassurantes. Une fois séparé de mes persécuteurs par l'épaisseur d'un fourré inaccessible à la cavalerie, je saurais gagner assez d'avance pour me rire de leurs vaines recherches. — Cette dernière illusion s'est évanouie lorsque, arrivé à la limite du couvert, j'ai reconnu que la troupe maudite s'était divisée en deux bandes, qui m'attendaient l'une et l'autre au débouché. A ma vue, il s'est élevé une nouvelle tempête de cris et de rires, et les trompes de chasse ont retenti de toutes parts. J'ai eu le vertige; la forêt a tourbillonné autour de moi; je me suis jeté dans le premier sentier qui s'est offert à mes yeux, et ma fuite a pris le caractère d'une déroute désespérée.

La légion implacable des chasseurs et des chasseresses n'a pas manqué de s'élancer sur mes traces avec un redoublement d'ardeur et de stupide gaieté. Je distinguais toujours à leur tête la jeune femme au panache bleu, qui se faisait remarquer par un acharnement particulier, et que je vouais de bon coeur aux accidents les plus sérieux de l'équitation. C'était elle qui encourageait ses odieux complices, quand j'étais parvenu un instant à leur dérober ma piste; elle me découvrait avec une clairvoyance infernale, me montrait du bout de sa cravache, et poussait un éclat de rire barbare, quand elle me voyait reprendre ma course à travers les halliers, soufflant, haletant, éperdu, absurde. J'ai couru ainsi pendant un temps que je ne saurais apprécier, accomplissant des prouesses de gymnastique inouïes, perçant les taillis épineux, m'embourbant dans les fondrières, sautant les fossés, rebondissant sur mes jarrets avec l'élasticité d'un tigre, galopant à la diable, sans raison, sans but, et sans autre espérance que de voir la terre s'entr'ouvrir sous mes pas.

Enfin, et par un simple effet du hasard, car depuis longtemps j'avais perdu toutes notions topographiques, j'ai aperçu les ruines devant moi; j'ai franchi par un dernier élan l'espace libre qui les sépare de la forêt, j'ai traversé l'église comme un excommunié, et je suis arrivé tout flambant devant la porte du moulin. Le meunier et sa femme étaient sur le seuil, attirés par le bruit de la cavalcade, qui me suivait de près; ils m'ont regardé avec une expression de stupeur; j'ai vainement cherché quelques paroles d'explication à leur jeter en passant, et, après d'incroyables efforts d'intelligence, je n'ai pu que leur murmurer niaisement: "Si l'on me demande,... dites que je n'y suis pas!..." Puis j'ai gravi d'un saut l'escalier de ma cellule, et je suis venu tomber sur mon lit dans un état de complet épuisement.

Cependant, Paul, la chasse se précipitait tumultueusement dans la cour de l'abbaye; j'entendais le piétinement des chevaux, la voix des cavaliers, et même le son de leurs bottes sur les dalles du seuil, ce qui me prouvait qu'une partie d'entre eux avait mis pied à terre et me menaçait d'un dernier assaut: je me suis relevé avec un mouvement de rage et j'ai regardé mes pistolets. Heureusement, après quelques minutes de conversation avec le meunier, les chasseurs se sont retirés, non sans me laisser clairement entendre que, s'ils avaient pris meilleure opinion de ma moralité, ils emportaient une idée fort réjouissante de l'originalité de mon caractère.

Tel est, mon ami, l'historique fidèle de cette journée malheureuse, où je me suis couvert franchement, et des pieds à la tête, d'une espèce d'illustration à laquelle tout Français préférera celle du crime. J'ai, à cette heure, la satisfaction de savoir que je suis, dans un château voisin, au milieu d'une société de brillants cavaliers et de belles jeunes femmes, un texte de plaisanteries inépuisable. Je sens de plus, depuis mon mouvement de flanc (comme on a coutume d'appeler à la guerre les retraites précipitées), que j'ai perdu à mes propres yeux quelque chose de ma dignité, et je ne puis me dissimuler, en outre, que je suis loin de jouir auprès de mes hôtes rustiques de la même considération.

En présence d'une situation si gravement compromise, j'ai dû tenir conseil: après une courte délibération, j'ai rejeté bien loin, comme puéril et pusillanime, le projet que me suggérait mon amour-propre aux abois, celui de quitter ma résidence, et même d'abandonner le pays. J'ai pris le parti de poursuivre philosophiquement le cours de mes travaux et de mes plaisirs, de montrer une âme supérieure aux circonstances, et de donner enfin aux amazones, aux centaures et aux meuniers le beau spectacle du sage dans l'adversité.

III

20 septembre.

Je reçois ta lettre. Tu es de la vraie race des amis du Monomotapa. Mais quel enfantillage! Voilà la cause de ton brusque retour! Un rien, un méchant cauchemar, qui, deux nuits de suite, te fait entendre ma voix t'appelant à mon secours. Ah! fruits amers de la détestable cuisine allemande! — Vraiment, Paul, tu es bête. Tu me dis portant des choses qui me touchent jusqu'aux larmes. Je ne saurais te répondre à mon gré. J'ai le coeur tendre et le verbe sec. Je n'ai jamais pu dire à personne: "Je vous aime." Il y a un démon jaloux qui altère sur mes lèvres toute parole de tendresse et lui donne une inflexion d'ironie. — Mais, Dieu merci, tu me connais.

Il paraît que je te fais rire quand tu me fais pleurer? Allons, tant mieux. Oui, ma noble aventure de la forêt a une suite, une suite dont je me passerais bien. Tous les malheurs dont tu me sentais menacé sont arrivés: sois donc tranquille.

Le lendemain de ce jour néfaste, je débutai par reconquérir l'estime de mes hôtes du moulin, en leur racontant de bonne grâce les plus piquants épisodes de ma course. Je les vis s'épanouir à ce récit; la femme, en particulier, se pâmait avec des convulsions atroces et des ouvertures de mâchoires formidables. Je n'ai rien vu de si hideux en ma vie que cette grosse joie de vachère.

En témoignage d'un retour de sympathie complet, le meunier me demanda si j'étais chasseur, ôta du croc de sa cheminée un long tube rouillé qui me fit penser à la carabine de Bas-de-Cuir, et me le mit entre les mains en me vantant les qualités meurtrières de cet instrument. J'acceptai sa politesse avec une apparence de vive satisfaction, n'ayant jamais eu le coeur de détromper les gens qui croient m'être agréables, et je me dirigeai vers les bois-taillis qui couvrent les collines, portant comme une lance cette arme vénérable, qui me paraissait en effet des plus dangereuses. J'allai m'asseoir dans les bruyères et je déposai le long fusil près de moi, puis je m'amusai à écarter à coups de pierre les jeunes lapins qui venaient jouer imprudemment dans le voisinage d'une machine de guerre dont je ne pouvais répondre. Grâce à ces précautions, pendant plus d'une heure que dura ma chasse, il n'arriva d'accident ni au gibier ni à moi.

A te dire vrai, j'étais bien aise de laisser passer le moment où les chasseurs du château avaient coutume de se mettre en campagne, ne me souciant pas, par un reste de vaine gloire, de me trouver sur leur passage ce jour-là. Vers deux heures de l'après-midi, je quittai mon lit de menthe et de serpolet, convaincu que je n'avais à redouter désormais aucune rencontre importune. Je remis la canardière au meunier, qui sembla un peu étonné, peut-être de me revoir les mains vides, et plus probablement de me revoir en vie. J'allai m'installer en face du portail, et j'entrepris d'achever une vue générale de la ruine, aquarelle magnifique qui doit enlever les suffrages du ministre.

J'étais profondément absorbé dans mon travail, quand je crus tout à coup entendre plus distinctement qu'à l'ordinaire ce bruit de cavalerie qui, depuis ma mésaventure, chagrinait sans cesse mes oreilles. Je me retournai avec vivacité, et j'aperçus l'ennemi à deux cents pas de moi. Il était cette fois en tenue de ville, paraissant équipé pour une simple promenade; il avait fait depuis la veille quelques recrues des deux sexes, et offrait véritablement une masse imposante. Quoique préparé de longue main à cette occurrence, je ne pus me défendre d'un certain malaise et je pestai fort contre ces désoeuvrés infatigables. Toutefois, je n'eus pas même la pensée de faire retraite; j'avais perdu le goût de la fuite pour le reste de mes jours.

A mesure que la cavalcade approchait, j'entendais des rires étouffés et des chuchotements dont le secret ne m'échappait point: je dois t'avouer qu'un grain de colère commençait à fermenter dans mon coeur, et, tout en continuant ma besogne avec l'apparence du plus vif intérêt et des poses de tête admiratives devant mon aquarelle, je prêtais à la scène qui se passait derrière moi une attention sombre et vigilante. Au surplus, l'intention définitive des promeneurs parut être de ménager mon infortune: au lieu de suivre le sentier au bord duquel j'étais établi, et qui était le chemin le plus court pour gagner les ruines, ils s'écartèrent un peu sur la droite et défilèrent en silence. Un seul d'entre eux, quittant le groupe principal, fit brusquement une pointe de côté, et vint s'arrêter à dix pas de mon atelier: quoique j'eusse le front penché sur mon dessin, je sentis, par cette étrange intuition que chacun connaît, un regard humain se fixer sur moi. Je levai les yeux d'un air d'indifférence, les rabaissant presque aussitôt: ce rapide mouvement m'avait suffi pour reconnaître dans cet observateur indiscret la jeune dame au panache bleu, cause première de mes disgrâces. Elle était là, campée sur son cheval, le menton en l'air, les yeux à demi clos, me considérant des pieds à la tête avec une insolence admirable. J'avais cru devoir d'abord, par égard pour son sexe m'abandonner sans défense à son impertinente curiosité; mais, au bout de quelques secondes, comme elle continuait son manége, je perdis patience, et, relevant la tête plus franchement, j'arrêtai mon regard sur le sien, avec une gravité polie, mais avec une profonde insistance. Elle rougit; ce que voyant, je la saluai. Elle me fit, de son côté, une légère inclination, s'éloigna au galop de chasse, et disparut sous la voûte de la vieille église. — Je demeurai ainsi maître du champ de bataille, savourant avec plaisir le triomphe de fascination que je venais de remporter sur cette petite personne, qu'il y avait assurément du mérite à décontenancer.

La promenade dans la forêt dura vingt minutes à peine, et je vis bientôt la brillante fantasia déboucher pêle-mêle hors du portail. Je feignis de nouveau une profonde abstraction; mais, cette fois encore, un cavalier se détacha de la compagnie et s'avança vers moi: c'était un homme de grande taille, qui portait un habit bleu, boutonné militairement jusqu'à la gorge. Il marchait si droit sur mon petit établissement, que je ne pus m'empêcher de lui supposer la résolution arrêtée de passer par-dessus, afin de faire rire les dames. Je le surveillai en conséquence d'un oeil furtif mais alerte, lorsque j'eus le soulagement de le voir s'arrêter à deux pas de mon tabouret, et ôter son chapeau:

— Monsieur, me dit-il d'une voix franche et pleine, voulez-vous me permettre de voir votre dessin?

Je lui rendis son salut, m'inclinai en signe d'acquiescement, et poursuivis mon travail. Après un moment de silencieuse contemplation, l'inconnu équestre laissa échapper quelques épithètes louangeuses, qui semblaient lui être arrachées par la violence de ses impressions; puis, reprenant l'allocution directe:

— Monsieur, me dit-il, permettez-moi de rendre grâces à votre talent; nous lui devrons, je n'en puis douter, la conservation de ces ruines, qui sont l'ornement de notre pays.

Je quittai aussitôt ma réserve, qui n'eût plus été qu'une bouderie enfantine, et je répondis, comme il convenait, que c'était apprécier avec beaucoup d'indulgence une ébauche d'amateur; que j'avais, au reste, le plus vif désir de sauver ces belles ruines, mais que la partie la plus sérieuse de mon travail menaçait de demeurer très-insignifiante, faute de renseignements historiques que j'avais vainement cherchés dans les archives du chef-lieu.

— Parbleu! monsieur, reprit le cavalier, vous me faites grand plaisir. J'ai dans ma bibliothèque une bonne partie des archives de l'abbaye. Venez les consulter à votre loisir. Je vous en serai reconnaissant.

Je remerciai avec embarras. — Je regrettais de n'avoir pas su cela plus tôt. Je craignais d'être rappelé à Paris par une lettre que j'attendais ce jour même. — Cependant, je m'étais levé pour faire cette réponse, dont je m'efforçais d'atténuer la mauvaise grâce par la courtoisie de mon attitude. En même temps, je prenais une idée plus nette de mon interlocuteur; c'était un beau vieillard à large poitrine, qui paraissait porter très-vertement une soixantaine d'hivers, et dont les yeux bleu clair, à fleur de tête, exprimaient la bienveillance la plus ouverte.

— Allons, allons, s'écria-t-il, parlons franc! Il vous répugne de vous mêler à cette bande d'étourdis que voilà là-bas, et que je n'ai pu empêcher hier de faire une sottise pour laquelle je vous présente mes excuses. Je me nomme le marquis de Malouet, monsieur. Au surplus, les honneurs de la journée ont été pour vous. On voulait vous voir: vous ne vouliez pas être vu. Vous avez eu le dernier mot. Qu'est-ce que vous demandez?

Je ne pus m'empêcher de rire en entendant une interprétation si favorable de ma triste équipée.

— Vous riez! reprit le vieux marquis: bravo! nous allons nous comprendre. Ah çà! qu'est-ce qui vous empêche de venir passer quelques jours chez moi? Ma femme m'a chargé de vous inviter: elle a compris par le menu tous vos ennuis d'hier. Elle a une bonté d'ange, ma femme! elle n'est plus jeune, elle est toujours malade, c'est un souffle, mais c'est un ange... Je vous logerai dans ma bibliothèque... Vous vivrez en ermite, si cela vous convient... Mon Dieu, je vois votre affaire, vous dis-je: mes étourneaux vous font peur; vous êtes un homme sérieux: je connais ce caractère-là!... Eh bien, vous trouverez à qui parler... Ma femme est pleine d'esprit;... moi-même, je n'en manque pas... J'aime l'exercice... il est nécessaire à ma santé... Mais il ne faut pas me prendre pour une brute: diable! pas du tout! je vous étonnerai. Vous devez aimer le whist, nous le ferons ensemble; vous devez aimer à bien vivre, délicatement, j'entends, comme il sied à un homme de goût et d'intelligence... Eh bien, puisque vous appréciez la bonne chère, je suis votre homme; j'ai un cuisinier excellent... j'en ai même deux pour le quart d'heure, un qui part et l'autre qui arrive;... il y a conjonction... cela fait une lutte savante... un tournoi académique... dont vous m'aiderez à décerner le prix!... Allons! ajouta-t-il en riant lui-même ingénument de son bavardage, voilà qui est dit, n'est-ce pas? je vous enlève.

Heureux, Paul, l'homme qui sait dire: "Non!" Seul, il est vraiment maître de son temps, de sa fortune et de son honneur. Il faut savoir dire: "Non;" même à un pauvre, même à une femme, même à un vieillard aimable, sous peine de livrer à l'aventure sa charité, sa dignité et son indépendance. Faute d'un non viril, que de misères, que de crimes, depuis Adam!

Tandis que je pesais à part moi l'invitation qui m'était adressée, ces réflexions m'assaillirent en foule; j'en connus la profonde sagesse, — et je dis: "Oui." — Oui fatal, par lequel je perdais mon paradis, échangeant une retraite complètement à mon gré, paisible, laborieuse, romanesque et libre, contre la gêne d'un séjour où la vie mondaine déploie toutes les fureurs de son insipide dissipation.

Je réclamai le temps nécessaire pour préparer mon déménagement, et M. de Malouet me quitta, après une chaleureuse poignée de main, en me déclarant que je lui plaisais fort, et qu'il allait exciter ses deux cuisiniers à me faire un accueil triomphal.

— Je vais, me dit-il, leur annoncer un artiste, un poëte; ça va leur monter l'imagination.

Vers cinq heures, deux domestiques du château vinrent prendre mon mince bagage et m'avertir qu'une voiture m'attendait au haut des collines. Je dis adieu à ma cellule; je remerciai mes hôtes, et j'embrassai leurs marmots, tout barbouillés et mal peignés qu'ils étaient. Ce petit monde sembla me voir partir avec regret. J'éprouvais moi-même une tristesse extraordinaire. Je ne sais quel étrange sentiment m'attachait à cette vallée, mais je la quittai, le coeur serré, comme on quitte une patrie.

A demain, Paul, car je n'en puis plus.

IV

26 septembre.

Le château de Malouet est une construction massive et assez vulgaire, qui date d'une centaine d'années. De belles avenues, une cour d'honneur d'un grand style et un parc séculaire lui prêtent toutefois une véritable apparence seigneuriale. — Le vieux marquis vint me recevoir au bas du perron, passa son bras sous le mien, et, après m'avoir fait traverser une longue file de corridors, m'introduisit dans un vaste salon, où régnait une obscurité presque complète; je ne pus qu'entrevoir vaguement, aux lueurs intermittentes du foyer, une vingtaine de personnages des deux sexes, espacés çà et là par petits groupes. Grâce à ce bienheureux crépuscule, je sauvai mon entrée, qui de loin s'était présentée à mon imagination sous un jour solennel et un peu alarmant. Je n'eus que le temps de recevoir le compliment de bienvenue que madame de Malouet m'adressa d'une voix faible mais pénétrante et sympathique. Elle me prit le bras presque aussitôt pour passer dans la salle à manger, ayant résolu, à ce qu'il paraît, de ne refuser aucune marque de considération à un coureur d'une si surprenante agilité.

Une fois à table et en pleine lumière, je ne laissai pas de m'apercevoir que mes prouesses de la veille n'étaient pas oubliées, et que j'étais le point de mire de l'attention générale; mais je supportai bravement le feu croisé des regards curieux et ironiques, retranché d'une part, derrière une montagne de fleurs qui ornait le milieu de la table, et soutenu de l'autre dans ma position défensive par la bienveillance ingénieuse de ma voisine. — Madame de Malouet est une de ces rares vieilles femmes qu'une force d'esprit supérieure ou une grande pureté d'âme ont protégées contre le désespoir, à l'heure fatale de la quarantième année, et qui ont sauvé du naufrage de leur jeunesse une épave unique, mais un charme souverain, celui de la grâce. Petite, frêle, le visage pâli et macéré par une souffrance habituelle, elle justifie exactement le mort de son mari: "C'est un souffle," un souffle qui respire l'intelligence et la bonté. Aucune trace de prétention malséante à son âge, un soin exquis de sa personne sans ombre de coquetterie, un oubli complet de la jeunesse perdue, une sorte de pudeur d'être vieille, et un désir touchant, non de plaire, mais d'être pardonnée, telle est cette marquise que j'adore. Elle a beaucoup voyagé, beaucoup lu, et connaît bien son Paris. Je m'égarai avec elle dans une de ces causeries rapides où deux esprits qui se rencontrent pour la première fois aiment à faire connaissance, allant d'un pôle à l'autre, effleurant toutes choses, controversant avec gaieté et s'accordant avec bonheur.

M. de Malouet profita de l'enlèvement du plat gigantesque qui nous séparait pour s'assurer de l'état de mes relations avec sa femme. Il parut satisfait de notre bonne intelligence évidente, et, élevant sa voix sonore et cordiale:

— Monsieur, me dit-il, je vous ai parlé de mes deux cuisiniers rivaux; voici le moment de me prouver que vous méritez la réputation de haut discernement dont je vous ai gratifié auprès de ces virtuoses... Hélas! je vais perdre le plus ancien, et sans contredit le plus savant de ces maîtres, — l'illustre Jean Rostain. C'est lui, monsieur, qui, m'arrivant de Paris, il y a deux ans, me dit cette belle parole: "Un homme de goût, monsieur le marquis, ne peut plus habiter Paris; on y fait maintenant une certaine cuisine... romantique qui nous mènera loin!" Bref, monsieur, Rostain est classique; cet homme rare a une opinion! Eh bien, vous venez de goûter successivement à deux plats d'entremets dont la crème forme la base essentielle: suivant moi, ces deux plats sont réussis l'un et l'autre; mais l'oeuvre de Rostain m'a paru d'une supériorité prononcée... Ah! ah! monsieur, je suis curieux de savoir si vous pourrez de vous-même, et sur cette seule indication, assigner à chaque arbre son fruit, et rendre à César ce qui est à César... Ah! ah! voyons cela.

Je jetai un coup d'oeil à la dérobée sur les restes des deux plats que me signalait le marquis, et je n'hésitai pas à qualifier de classique celui que couronnait un temple de l'amour, avec une image de ce dieu en pâte polychrome.

— Touché! s'écria le marquis. Bravo! Rostain le saura, et son coeur en sera réjoui. Ah! monsieur, que n'ai-je eu l'honneur de vous recevoir chez moi quelques jours plus tôt! J'aurais peut-être gardé Rostain, ou, pour mieux dire, Rostain m'eût peut-être gardé, car je ne puis vous cacher, messieurs les chasseurs, que vous n'êtes point dans les bonnes grâces du vieux chef, et je ne suis pas loin d'attribuer son départ, de quelques prétextes qu'il le colore, aux dégoûts dont l'abreuve votre indifférence. Je crus lui être agréable en lui annonçant, il y a quelques semaines, que nos réunions de chasse allaient lui assurer un concours d'appréciateurs digne de ses talents. "Monsieur le marquis m'excusera, me répondit Rostain avec un sourire mélancolique, si je ne partage point ses illusions: en premier lieu, un chasseur dévore et ne mange point; il apporte à table un estomac de naufragé, *iratum ventrem,* comme dit Horace, et engloutit sans choix et sans réflexion, *guloe parens,* les productions les plus sérieuses d'un artiste; en second lieu, l'exercice violent de la chasse a développé chez le convive une soif désordonnée qui s'assouvit généralement sans modération. Or, M. le marquis n'ignore pas le sentiment des anciens sur l'usage excessif du vin pendant le repas: il émousse le goût — *exurdant vina palatum!* — Néanmoins, M. le marquis peut être assuré que je travaillerai pour ses invités avec ma conscience habituelle, quoique avec la douloureuse certitude de n'être point compris." En achevant ces mots, Rostain se drapa dans sa toge, adressa au ciel le regard du génie méconnu, et sortit de mon cabinet.

— J'aurais cru, dis-je au marquis, qu'aucun sacrifice ne vous eût coûté pour retenir ce grand homme.

— Vous me jugea bien, monsieur, reprit M. de Malouet; mais vous allez voir qu'il me conduisit jusqu'aux limites de l'impossible. Il y a précisément huit jours, M. Rostain, m'ayant demandé une audience particulière, m'annonça qu'il se voyait dans la pénible nécessité de quitter mon service. "Ciel! monsieur Rostain, quitter mon service! Et où irez-vous? — A Paris. — Comment! à Paris? Mais vous aviez secoué sur la grande Babylone la poudre de vos sandales! La décadence du goût, l'essor de plus en plus marqué de la cuisine romantique, ce sont vos propres paroles, Rostain..." Il soupira: "Sans doute, monsieur le marquis; mais la vie de province a des amertumes que je n'avais point pressenties." Je lui proposai des gages fabuleux, il refusa. "Voyons, qu'y a-t-il donc, mon ami? Ah! je sais! vous n'aimez point la fille de cuisine; elle trouble vos méditations par ses chants grossiers? Soit, je la congédie!... Cela ne suffit pas? C'est donc Antoine qui vous déplaît? Je le renvoie! Est-ce mon cocher? Je le chasse!" Bref, je lui offris, messieurs, toute ma maison en holocauste. A ces prodigieuses concessions, le vieux chef secouait la tête avec indifférence. "Mais enfin, m'écriai-je, au nom du ciel, monsieur Rostain, expliquez-vous! — Mon Dieu! monsieur le marquis, me dit alors Jean Rostain, je vous avouerai qu'il m'est impossible de vivre dans un endroit où je ne trouve personne pour faire ma partie de billard!... — Ma foi! c'était trop fort! ajouta le marquis avec une bonhomie plaisante; je ne pouvais pourtant pas faire moi-même sa partie de billard! J'ai dû me résigner: j'ai écrit aussitôt à Paris, et il m'est arrivé hier soir un jeune cuisinier à moustaches, qui m'a déclaré se nommer Jacquemart (des Deux-Sèvres). Le classique Rostain, par un sublime mouvement de gloire, a voulu seconder M. Jacquemart (des Deux-Sèvres) dans son premier travail, et voilà comment j'ai pu vous servir aujourd'hui, messieurs, ce grand repas éclectique, dont, je le crains, nous aurons seuls apprécié, monsieur et moi, les mystérieuses beautés.

M. de Malouet se leva de table en achevant l'épopée de Rostain. Après le café, je suivis les fumeurs dans la cour. La soirée était magnifique. Le marquis m'entraîna dans l'avenue, dont le sable fin étincelait aux rayons de la lune, entre les ombres épaisses des grands marronniers. Tout en causant avec une négligence apparente, il me fit subir une sorte d'examen sur beaucoup de matières, comme pour s'assurer que j'étais digne de l'intérêt qu'il m'avait témoigné si gratuitement jusque-là. Nous fûmes loin de nous accorder sur tous les points; mais, doués l'un et l'autre de bonne foi et de bienveillance, nous trouvâmes presque autant de plaisir à discuter qu'à nous entendre. Cet épicurien est un penseur; sa pensée, toujours généreuse, a pris dans la solitude où elle s'exerce un tour bizarre et paradoxal.

Je voudrais t'en donner une idée, il m'embarrassa un peu en me disant tout à coup:

— Quel est votre sentiment, monsieur, sur la noblesse, considérée comme institution dans notre temps et dans notre France?

Il vit que j'hésitais.

— Parlez franchement, que diantre! Vous voyez que je suis un homme franc!

— Ma foi! monsieur, dis-je, j'ai pour la noblesse les sentiments d'un artiste: je la regarde… comme un monument national…, comme une belle ruine historique, que j'aime, que je respecte, quand elle daigne ne pas m'écraser.

— Oh! oh! reprit-il en riant, nous avons du chemin à faire pour nous entendre sur ce point-là! Je ne conviendrai jamais que je sois une ruine, même historique! Je vous étonnerais beaucoup, n'est-ce pas, si je vous disais que, suivant ma manière de voir, il n'y a pas de France possible sans noblesse?

— Vous m'étonneriez positivement, dis-je.

— C'est pourtant ma pensée, et je la crois sérieuse. Je ne conçois pas plus une nation sans une aristocratie classée, sans une noblesse, que je ne concevrais une armée sans état-major. La noblesse est l'état-major intellectuel et moral d'un pays.

— Est-elle cela chez nous?

— Elle a été, en d'autres temps, monsieur, tout ce qu'elle devait être dans la mesure de la civilisation de ces temps-là; elle a été la tête, le coeur et le bras de la nation. Elle a méconnu depuis, je l'avoue, et jamais plus cruellement qu'au siècle dernier, le rôle nouveau que lui imposait une ère nouvelle. Aujourd'hui, sans le méconnaître, elle semble généralement l'oublier. Si le ciel m'eût donné un fils... ah! je touche là une corde toujours douloureuse dans mon coeur!... je me serais fait un cas de conscience, pour moi, de l'arracher à cette oisiveté boudeuse et découragée où les restes de notre vieille phalange vivent et meurent dans un vain regret du passé. Sans cesser d'être le premier par le courage, — vertu ancienne qui n'a pas cessé, comme on voit, d'être utile au pays, — j'aurais pris soin qu'il fût encore le premier, un des premiers du moins, par les lumières, par la science, par le goût, par toutes les expressions de cette noble activité d'esprit qui nous assure aujourd'hui notre place sous le soleil! Ah! dites-moi qu'une aristocratie doit surveiller attentivement la marche de la civilisation de son temps et de son pays, et non-seulement la suivre, mais la guider toujours! Dites-moi encore, si vous voulez, qu'elle ne doit jamais fermer ses cadres à demeure, qu'elle a parfois besoin de recrues et de sang nouveau; qu'elle doit s'approprier avec choix tout mérite éminent et toute vertu éclatante, je vous l'accorde de grand coeur: c'est mon opinion; mais ne me dites pas qu'une nation peut se passer d'une aristocratie, ou, permettez-moi, en ce cas, de vous demander ce que vous pensez de la civilisation américaine: c'est la seule, en effet, qui soit complétement dégagée de toute influence immédiate ou lointaine d'une aristocratie présente ou passée.

— Mais il me semble, lui dis-je, évitant de répondre directement à sa question, il me semble qu'en France du moins, nous avons cet état-major intellectuel que vous demandez: c'est l'aristocratie naturelle et légitime du travail et du mérite. J'espère que celle-là ne nous manquera jamais. Je crois que la classer, c'est vouloir l'entraver et la restreindre. A quoi bon créer une institution, quand il y a là un fait éternel de sa nature, qui se renouvelle et se perpétue de lui-même à chaque génération?

— Ta ta ta! s'écria le marquis en s'échauffant, voilà du fruit nouveau! Croyez-vous de bonne foi qu'une nation, un génie national, une civilisation nationale, puissent naître, se développer et se conserver par le seul fait des individualités plus ou moins brillantes que chaque génération met au jour? Interrogez l'histoire, ou plutôt regardez l'Amérique encore une fois: les Etats-Unis ont, comme tous les autres Etats, je suppose, leur contingent naturel d'hommes de talent et de vertu, ont-ils ce qu'on peut appeler un génie national? quel est-il? Faites-moi l'honneur de m'en décrire un seul trait. Bah! ils n'ont pas de capitale seulement! Je les défie d'en avoir une! Une capitale n'est que le siége d'une aristocratie. Non, monsieur, non, le fait ne suffit pas, il y a une loi qu'on ne peut méconnaître: rien de fort, rien de grand, rien de durable sous le ciel sans l'autorité, sans l'unité, sans la tradition. Ces trois conditions de grandeur et de durée, vous ne les trouverez que dans une institution permanente. Il faut une tribu sainte à la garde du feu sacré. Il nous faut un corps d'élite qui se fasse un devoir et un honneur héréditaires de concentrer dans son sein le culte du génie de la patrie, de maintenir, de pratiquer ou d'encourager les vertus, l'urbanité, les sciences, les arts, les industries qui composent ce que le monde entier salue sous le nom de civilisation française! Figurez-vous enfin une noblesse régénérée dans cet esprit-là, comprenant son métier, ni exclusive ni banale, appuyant toujours sa suprématie officielle sur une véritable et évidente supériorité, notre société, notre civilisation, notre patrie vivront et grandiront. Sinon, non. Paris, vrai symbole aristocratique, vous maintiendra encore quelque temps. Voilà tout… Ah! ah! qu'est-ce que vous répondrez à cela?

— Je vous répondrai par une question, si vous me le permettez : Comment vous comportez-vous de votre personne dans ce petit coin de la France où vous résidez?

— Mais, monsieur, je m'y comporte fort bien, et suivant mes principes: j'y suis autant qu'il est en moi, l'expression la plus élevée de mon temps et de mon pays. J'y importe le bon sens, le bon goût et le drainage. Je daigne être le maire de ma commune. Je bâtis à mes paysans des écoles, des salles d'asile et une église, — le tout à mes frais, bien entendu.

— Et vos paysans, dis-je, qu'est-ce qu'ils font?

— Parbleu! ils me détestent!

— Vous voyez, lui dis-je en riant, que l'esprit moderne ne souffle pas directement dans le sens de vos théories, puisqu'il suffit de votre qualité de noble pour fermer les yeux et le coeur de ces messieurs à vos vertus et à vos bienfaits.

— Ah! l'esprit moderne! l'esprit moderne! s'écria le marquis: eh bien, quand il souffle de travers, il faut le redresser! Ah! jeune homme, c'est de la faiblesse, cela! Je vous dirai comme Rostain: "Si vous obéissez servilement à ce que vous appelez l'esprit moderne, vous nous ferez une cuisine romantique qui nous mènera loin!..." Or çà, mon jeune ami, allons retrouver ces dames et faire notre whist.

En nous rapprochant du château, nous entendîmes un grand bruit de voix et de rires, et nous aperçûmes au bas du perron une dizaine de jeunes gens sautant et bondissant, comme pour atteindre, sans l'intermédiaire des degrés, la plate-forme qui couronne le double escalier. Nous pûmes pressentir l'explication de cette gymnastique passionnée aussitôt que la clarté de la lune nous eut permis de distinguer une robe blanche sur la plate-forme. C'était évidemment un tournoi dont la robe blanche devait nommer le vainqueur. La jeune femme (si elle n'eût pas été jeune, ils n'auraient pas sauté si haut) était appuyée sur la balustrade, exposant hardiment à la rosée d'un soir d'automne et aux baisers de Diane sa tête jonchée de fleurs et ses épaules nues; elle se penchait légèrement, et tendait aux lutteurs un objet assez difficile à discerner de loin: c'était une fine cigarette, délicat travail de sa main blanche et de ses ongles roses. Bien que ce spectacle n'eût rien que de charmant, M. de Malouet y trouva apparemment quelque chose qui ne lui plut pas, car son accent de bonne humeur se nuança d'une teinte assez sensible d'impatience lorsqu'il murmura:

— Allons! j'en étais sûr! c'est la *petite comtesse!*

Je n'ai pas besoin d'ajouter que j'avais reconnu dans la *petite comtesse* mon amazone aux plumes bleues, qui, avec ou sans plumes, paraît avoir le même tempérament. Elle me reconnut très-bien de son côté, comme tu vas le voir. Au moment où nous achevions, M. de Malouet et moi, de monter le perron, laissant les prétendants rivaux se débattre et s'élancer avec une ardeur croissante, la petite comtesse, intimidée peut-être par la présence du marquis, voulut en finir et me mit brusquement sa cigarette dans la main en me disant:

— Tenez! c'est pour vous!... Au fait, c'est vous qui sautez le mieux.

Et elle disparut sur ce beau trait, qui avait le double avantage de désobliger à la fois les vaincus et le vainqueur.

Ce fut, en ce qui me concerne, le dernier épisode remarquable de la soirée. Après le whist, je prétextai un peu de fatigue, et M. de Malouet eut l'obligeance de m'installer lui-même dans une jolie chambre tendue de perse et contiguë à la bibliothèque. J'y fus incommodé une partie de la nuit par le bruit monotone du piano et par le roulement des voitures, indices de civilisation qui me firent regretter plus amèrement que jamais ma pauvre thébaïde.

V

26 septembre.

J'ai eu la satisfaction de trouver dans la bibliothèque du marquis les documents historiques qui me manquaient. Ils proviennent effectivement de l'ancien chartrier de l'abbaye, et offrent à la famille de Malouet, un intérêt particulier. Ce fut un Guillaume Malouet, très-noble homme et chevalier, qui, au milieu du XIIe siècle, du consentement de messieurs ses fils, Hugues, Foulques, Jean et Thomas, restaura l'église et fonda l'abbaye en faveur de l'ordre des bénédictins, pour le salut de son âme et des âmes de ses pères, concédant à la congrégation, entre autres jouissances et redevances, la nue propriété des hommes de l'abbaye, la dîme de tous ses revenus, la moitié de la laine de ses troupeaux, trois charges de cire à toucher chaque année au Mont-Saint-Michel en mer, puis la rivière, les landes, les bois et le moulin, — *et molendinum in eodem situ*. J'ai eu du plaisir à suivre, dans le mauvais latin du temps, la description de ce paysage familier. Il n'a point changé.

La charte de fondation est de 1145. Des chartes postérieures prouvent que l'abbaye du Rozel était en possession, au XIIIe siècle, d'une sorte de patriarcat sur tous les instituts de l'ordre de saint Benoît qui existaient alors dans la province de Normandie. Il s'y tenait chaque année un chapitre général de l'ordre, présidé par l'abbé du Rozel, et où une dizaine d'autres couvents étaient représentés par leurs plus hauts dignitaires. La discipline, les travaux, le régime temporel et spirituel de tous les bénédictins de la province y étaient contrôlés et réformés avec une sévérité que les procès-verbaux de ces petits conciles attestent dans le plus noble langage. Ces scènes pleines de dignité se passaient dans cette salle capitulaire aujourd'hui honteusement profanée.

Mon abbaye était donc, dans cette grande province, la première d'un ordre illustre, dont le nom seul rappelle ce que le travail a de plus noble et de plus austère. C'est un beau titre, qui explique la magnificence de l'église, et qui doit en préserver les restes. J'ai désormais sous la main les éléments d'un travail intéressant et complet; mais je m'oublie trop souvent dans la lecture de ces anciennes chartes remplies de petits faits caractéristiques, d'incidents et de coutumes empruntés à la vie de chaque jour, et qui me transportent dans le coeur et dans la réalité même des âges écoulés: ces âges vraisemblablement ne valaient pas le nôtre, mais du moins ils en diffèrent, et nous n'en prenons d'ailleurs que ce qui nous plaît. Peut-être aussi, quand nous aimons à nous approprier par l'étude les idées, les émotions, les habitudes même des hommes qui nous ont précédés sur la terre, sentons-nous la douceur d'étendre dans le passé notre vie personnelle, que borne un si court avenir, de remuer dans notre coeur, pendant notre passage d'un jour, les sensations de plusieurs siècles.

A part les archives, cette bibliothèque est fort riche, et cela me détourne. De plus, le tourbillon mondain qui sévit dans le château ne laisse pas de porter quelques atteintes à mon indépendance. Enfin, mes excellents hôtes me reprennent souvent d'une main la liberté qu'ils me donnent de l'autre: comme la plupart des gens du monde, ils ne se font pas une idée très-nette de l'occupation suivie qui mérite le nom de travail, et une heure ou deux de lecture leur paraissent le dernier terme du labeur qu'un homme peut supporter dans sa journée.

— Soyez libre! montez à votre ermitage! travaillez à votre aise! me dit chaque matin M. de Malouet; une heure après, il est à ma porte.

— Eh bien, travaillons-nous?

— Mais oui, je commence.

— Comment! diantre! il y a plus de deux heures que vous y êtes! Vous vous tuez, mon ami. Au surplus, soyez libre!... Ah çà! ma femme est au salon... Quand vous aurez fini, vous irez lui tenir compagnie, n'est-ce pas?

— Oui, certainement.

— Mais seulement quand vous aurez fini, bien entendu!

Et il part pour la chasse ou pour une promenade au bord de la mer. Quant à moi, préoccupé de l'idée que je suis attendu, et voyant que je ne ferai plus rien qui vaille, je me décide bientôt à aller rejoindre madame de Malouet, que je trouve en grande conversation avec son curé ou avec Jacquemart (des Deux-Sèvres): elle me dérange, je la gêne, et nous nous sourions agréablement.

Voilà comment se passe en général le milieu du jour. — Le matin, je me promène à cheval avec le marquis, qui veut bien m'épargner la cohue des grands carrousels. Le soir, je joue le whist, puis je cause avec les dames, et j'essaye de me défaire à leurs pieds de ma réputation et de ma peau d'ours, car aucune originalité ne me plaît en moi, et celle-là moins qu'une autre. Il y a dans le caractère sérieux, poussé jusqu'à la raideur et jusqu'à la mauvaise grâce vis-à-vis des femmes, quelque chose de cuistre qui messied aux plus grands talents et qui ridiculise les petits. Je me retire ensuite, et je travaille assez tard dans la bibliothèque. C'est un bon moment.

La société habituelle du château se compose des hôtes du marquis, qui sont toujours nombreux dans cette saison, et de quelques personnes des environs. Ce grand train de maison a surtout pour objet de fêter la fille unique de M. de Malouet, qui vient chaque année passer l'automne dans sa famille. C'est une personne d'une beauté sculpturale, qui s'amuse avec une dignité de reine, et qui communique avec les mortels par des monosyllabes dédaigneux, prononcés d'une voix de basse profonde. Elle a épousé, il y a une douzaine d'années, un Anglais attaché au corps diplomatique, lord A..., personnage également beau et également impassible. Il adresse par intervalles à sa femme un monosyllabe anglais auquel elle répond imperturbablement par un monosyllabe français. Cependant, trois petits lords, dignes du pinceau de Lawrence, rôdent majestueusement autour de ce couple olympien, attestant entre les deux nations une secrète intelligence qui se dérobe au vulgaire.

Un couple à peine moins remarquable nous arrive chaque jour d'un château voisin. Le mari est un M. de Breuilly, ancien garde du corps et ami de coeur du marquis. C'est un vieillard fort vif, encore beau cavalier et qui porte un chapeau trop petit sur des cheveux gris coupés en brosse. Il a le travers peut-être naturel, de scander ses mots, et de parler avec une lenteur qui semble affectée. Il serait d'ailleurs fort aimable, s'il n'avait l'esprit constamment torturé par une ardente jalousie, et par un crainte non moins ardente de laisser voir sa faiblesse, qui toutefois crève les yeux de tout le monde. On s'explique mal comment, avec de pareilles dispositions et beaucoup de bon sens, il a commis la faute d'épouser à cinquante-cinq ans une femme jeune, jolie, et créole, je crois, par-dessus la marché.

— M. de Breuilly! dit le marquis, lorsqu'il me présenta au pointilleux gentilhomme, — mon meilleur ami, qui sera infailliblement le vôtre, et qui, tout aussi infailliblement, vous coupera la gorge si vous faites la cour à sa femme.

— Mon dieu! mon ami, répondit M. de Breuilly avec un ricanement des moins joyeux, et en accentuant chaque mot à sa manière, pourquoi me donner à monsieur comme l'Othello bas normand? Monsieur peut assurément,... monsieur est parfaitement libre... Il connaît d'ailleurs et il sait observer la limite des choses... Au surplus, monsieur, voici madame de Breuilly, soufrez que je la recommande moi-même à vos attentions.

Un peu surpris de ce langage, j'eus la bonhomie ou l'innocente malice de l'interpréter littéralement. Je m'assis carrément à côté de madame de Breuilly, et je me mis à lui faire ma cour, en observant la limite des choses. Cependant, M. de Breuilly nous surveillait de loin avec une mine extraordinaire; je voyais étinceler sa prunelle grise, comme une cendre incandescente; il riait aux éclats, grimaçait, piétinait, et se désossait les doigts avec des craquements sinistres. M.

de Malouet vint à moi brusquement, m'offrit une carte de whist, et, me tirant à l'écart:

— Qu'est-ce qui vous prend? me dit-il.

— Moi? rien.

— Ne vous ai-je pas averti? C'est fort sérieux. Voyez Breuilly! C'est la seule faiblesse de ce galant homme; chacun la respecte ici. Faites de même, je vous en prie.

De la faiblesse de ce galant homme, il résulte que sa femme est vouée dans le monde à une quarantaine perpétuelle. Le caractère belliqueux d'un mari n'est souvent qu'un attrait de plus pour la foudre; mais on hésite à risquer sa vie sans l'apparence d'une compensation possible, et nous avons ici un homme qui vous menace tout au moins d'un éclat public, non-seulement avant moisson, comme on dit, mais même avant les semailles. Cela décourage visiblement les plus entreprenants, et il est fort rare que madame de Breuilly n'ait pas à sa droite et à sa gauche deux places vides, malgré sa grâce nonchalante, malgré ses grands yeux de créole, et en dépit de ses regards plaintifs et suppliants qui semblent toujours dire : "Mon Dieu! personne ne m'induira donc en tentation!"

Tu croirais que l'abandon où vit manifestement la pauvre femme doit être pour son mari un motif de sécurité. Point. Son ingénieuse manie sait y découvrir une cause nouvelle de perplexités.

— Mon ami, disait-il hier à M. de Malouet, tu sais que je ne suis pas plus jaloux qu'un autre; mais, sans être Orosmane, je ne prétends pas être Georges Dandin. Eh bien, une chose m'inquiète, mon ami: as-tu remarqué qu'en apparence personne ne fait la cour à ma femme?

— Parbleu! si c'est là ce qui te préoccupe…

— Sans doute: tu m'avoueras que cela n'est pas naturel. Ma femme est jolie. Pourquoi ne lui fait-on pas la cour comme à une autre? Il y a quelque chose là-dessous.

Heureusement, et au grand avantage de la question sociale, toutes les jeunes femmes qui séjournent et se succèdent au château ne sont point gardées par des dragons de cette taille. Quelques-unes mêmes, et parmi elles deux ou trois Parisiennes en vacances, affichent une liberté d'allures, un amour du plaisir et une exagération d'élégance qui dépassent les bornes de la discrétion. Tu sais que je n'apprécie pas beaucoup cette manière d'être qui répond mal à l'idée que je me fais des devoirs d'une femme, et même d'une femme du monde; mais je me range sans hésiter du parti de ces évaporées; leur conduite me paraît même l'idéal de la splendeur du vrai, quand j'entends ici, le soir, certaines pieuses matrones distiller contre elles, dans des commérages de portières, le venin de la plus basse envie qui puisse gonfler un coeur départemental. Au surplus, il n'est pas toujours nécessaire de quitter Paris pour avoir le vilain spectacle de ces provinciales déchaînées contre ce qu'elle appellent le vice, c'est à savoir la jeunesse, l'élégance, la distinction, le charme, en un mot tout ce que les bonnes dames n'ont plus ou n'ont jamais eu.

Toutefois, quelque dégoût que les chastes mégères m'inspirent pour la vertu qu'elles prétendent soutenir (ô vertu! que de crimes on commet en ton nom!), je suis forcé, à mon vif regret, de m'accorder avec elles sur un point, et de convenir qu'une de leurs victimes au moins donne une apparence de justice à leur réprobation et à leurs calomnies. L'ange même de la bienveillance se voilerait la face devant ce modèle achevé de dissipation, de turbulence, de futilité, et finalement d'extravagance mondaine, qui s'appelle de son nom la comtesse de Palme, et de son surnom — la petite comtesse: surnom assez impropre d'ailleurs, car la dame n'est point petite, mais simplement mince et élancée. Madame de Palme a vingt-cinq ans: elle est veuve; elle demeure l'hiver à Paris chez une soeur, et l'été dans un manoir de Normandie, chez sa tante, madame de Pontbrian. Permets que je me défasse d'abord de la tante.

Cette tante, qui est d'une très-ancienne noblesse, se distingue à première vue par un double mérite, par la ferveur de ses opinions héréditaires et par une dévotion stricte. Ce sont deux titres de recommandation que j'admets pleinement pour mon compte. Tout principe ferme et tout sentiment sincère commandent en ce temps-ci un respect particulier. Malheureusement, madame de Pontbrian me paraît être du nombre de ces grandes dévotes qui sont de fort petites chrétiennes. Elle est de celles qui, réduisant à quelques menues observances, dont elles sont ridiculement fières, tous les devoirs de leur foi religieuse ou politique, prêtent à l'une et à l'autre une mine revêche et haïssable, dont l'effet n'est pas précisément d'attirer des prosélytes. Les pratiques, en toute chose, suffisent à sa conscience: du reste, aucune trace de charité, de bonté, aucune trace surtout d'humilité. Sa généalogie, son assiduité aux églises, et ses pèlerinages annuels auprès d'un illustre exilé (qui probablement se passerait fort de voir ce visage) inspirent à cette fée une si haute idée d'elle-même et un si profond mépris pour son prochain, qu'elle en est véritablement insociable. Elle demeure sans cesse absorbée, avec une physionomie de relique, dans le culte de latrie qu'elle croit se devoir à elle-même. Elle ne daigne parler qu'à Dieu, et il faut que Dieu soit vraiment le bon Dieu s'il l'écoute.

Sous le patronage nominal de cette duègne mystique, la petite comtesse jouit d'une indépendance absolue dont elle use à outrance. Après avoir passé l'hiver à Paris, où elle crève régulièrement deux chevaux et un cocher par mois pour se donner le plaisir de faire un tour de valse chaque soir dans une demi-douzaine de bals différents, madame de Palme sent le besoin de goûter la paix des champs. Elle arrive chez sa tante, elle saute sur un cheval et part au galop. Peu lui importe où elle va, pourvu qu'elle aille. Le plus souvent, elle vient au château de Malouet, où l'excellente maîtresse du logis lui témoigne une prédilection que je ne m'explique pas. Familière avec les hommes, impertinente avec les femmes, la petite comtesse offre une large prise aux hommages les plus indiscrets des uns, à la haine jalouse des autres. Indifférente aux outrages de l'opinion, elle semble respirer volontiers l'encens le plus grossier de la galanterie; mais ce qu'il lui faut avant tout, c'est le bruit, le mouvement, le tourbillon, le plaisir mondain poussé jusqu'à sa fougue la plus extrême et la plus étourdissante; ce qu'il lui faut chaque matin, chaque soir et chaque nuit, c'est une chasse à toute volée qu'elle dirige avec frénésie, un lansquenet d'enfer où elle fasse sauter la banque, un cotillon échevelé qu'elle mène jusqu'à l'aurore. Un seul temps d'arrêt, une minute de repos, de recueillement, de réflexion, — dont elle est d'ailleurs incapable, — la tuerait. Jamais existence ne fut à la fois plus remplie et plus vide, jamais activité plus incessante et plus stérile.

C'est ainsi qu'elle traverse la vie à la hâte et sans débrider, gracieuse, insouciante, affairée et ignorante comme son cheval. Quand elle touchera le poteau fatal, cette femme tombera du néant de son agitation dans le néant du repos éternel, sans que jamais l'ombre d'une idée sérieuse, la notion la plus faible du devoir, le nuage le plus léger d'une pensée digne d'un être humain, aient effleuré, même en rêve, le cerveau étroit que recouvre son front pur, souriant et stupide. On pourrait dire que la mort, à quelque âge qu'elle doive la surprendre, trouvera la petite comtesse telle qu'elle sortit du berceau, s'il était permis de penser qu'elle en a retenu l'innocence comme elle en a gardé la profonde puérilité.

Cette folle a-t-elle une âme? — Le mot de néant m'est échappé. C'est qu'en vérité il m'est difficile de concevoir ce qui pourrait survivre à ce corps une fois qu'il aura perdu la fièvre vaine et le souffle frivole qui semblent seuls l'animer.

Je connais trop le misérable train du monde pour prendre à la lettre les accusations d'immoralité dont madame de Palme est ici l'objet de la part des sorcières, et de la part aussi de quelques rivales qui ont la bonté de porter envie à son mérite. Ce n'est pas à ce point de vue, tu le comprends, que je la traite avec cette rigueur. Les hommes, lorsqu'ils se montrent impitoyables pour certaines fautes, oublient trop qu'ils ont tous plus ou moins passé une partie de leur vie à les provoquer pour leur compte. Mais il y a dans le type féminin que je viens de t'esquisser quelques chose de plus choquant pour moi que l'immoralité même, qui, du reste, en est difficilement séparable. Aussi, malgré mon désir de ne me singulariser en rien, n'ai-je pu prendre sur moi de me joindre au cortège d'admirateurs que madame de Palme traîne après son char. Je ne sais si

Le tyran dans sa cour remarqua mon absence;

je serais tenté de le croire quelquefois aux regards d'étonnement et de dédain dont on me foudroie en passant; mais il est plus simple d'attribuer ces symptômes hostiles à l'antipathie naturelle qui sépare deux créatures aussi dissemblables que nous le sommes. Je la regarde parfois de mon côté avec la surprise ébahie que doit éveiller chez tout être pensant la monstruosité d'un tel phénomène psychologique. De toute façon, nous sommes quittes.

Je devrais plutôt dire: nous étions quittes, car nous ne le sommes véritablement plus depuis une petite aventure assez cruelle qui m'est arrivée hier soir, et qui me constitue, dans mon compte courant avec madame de Palme, une avance considérable, qu'elle aura de la peine à regagner. — Je t'ai dit que madame de Malouet, par je ne sais quel raffinement de charité chrétienne, témoignait une vraie prédilection à la petite comtesse. Je causais hier soir avec la marquise dans un coin du salon: je pris la liberté de lui dire en riant que cette prédilection, venant d'une femme comme elle, était d'un mauvais exemple, que je n'avais jamais bien compris, pour moi, ce passage de l'Evangile où le retour d'un seul pécheur est célébré par-dessus le mérite assidu d'un millier de justes, et que cela m'avait toujours paru très-décourageant pour les justes.

— D'abord, me dit madame de Malouet, les justes ne se découragent point: ensuite, il n'y en a pas. — Croyez-vous en être un, vous, par hasard?

— Pour cela, non: je sais parfaitement le contraire.

— Eh bien, où prenez-vous le droit de juger si sévèrement votre prochain?

— Je ne reconnais pas madame de Palme pour mon prochain.

— C'est commode. Madame de Palme, monsieur, a été mal élevée, mal mariée et toujours gâtée; mais, croyez-moi, c'est un vrai diamant dans sa gangue.

— Je ne vois que la gangue.

— Et soyez sûr qu'il ne lui faut qu'un bon ouvrier, j'entends un bon mari, qui sache le tailler et le polir.

— Permettez-moi de plaindre ce futur lapidaire.

Madame de Malouet agita son pied sur le tapis et laissa voir quelques autres signes d'impatience, que je ne sus d'abord comment interpréter, car elle n'a jamais d'humeur; mais soudain une pensée, que je crus lumineuse, me traversa l'esprit: je ne doutai pas que je n'eusse enfin découvert le côté faible et l'unique défaut de cette charmante vieille femme. Elle était possédée de la manie de faire des mariages, et, dans son désir chrétien d'arracher la petite comtesse à l'abîme de perdition, elle méditait secrètement de m'y précipiter avec elle, quoique indigne. Pénétré de cette conviction modeste, je me tins sur une défensive qui me semble, à l'heure qu'il est, d'un beau ridicule.

— Mon Dieu! dit madame de Malouet, parce que vous doutez de sa littérature!...

— Je ne doute pas de sa littérature, dis-je: je doute qu'elle sache lire.

— Mais enfin, sérieusement, que lui reprochez-vous, voyons? reprit madame de Malouet d'une voix singulièrement émue.

Je voulus démolir d'un seul coup le rêve matrimonial dont je supposais que se berçait la marquise.

— Je lui reproche, répondis-je, de donner au monde le spectacle, souverainement irritant même pour un profane comme moi, de la nullité triomphante et du vice superbe. Je ne vaux pas grand'chose, c'est vrai, et je n'ai point le droit de juger, mais il y a en moi, comme dans tout public de théâtre, un fond de raison et de moralité qui se soulève en face des personnages complétement dénués de bon sens ou de vertu et qui ne veut pas qu'ils triomphent.

L'agitation de la vieille dame redoubla.

— Pensez-vous que je la recevrais, si elle méritait toutes les pierres que la calomnie lui jette?

— Je pense qu'il vous est impossible de croire au mal.

— Bah! je vous assure que vous ne faites pas ici preuve de pénétration. Ces histoires d'amour qu'on lui prête, ça lui ressemble si peu! C'est une enfant qui ne sait pas seulement ce que c'est que d'aimer!

— J'en suis persuadé, madame. Sa coquetterie banale en est une preuve suffisante. Je suis même prêt à jurer que les entraînements de l'imagination ou de la passion sont complétement étrangers à ses erreurs, qui de la sorte demeurent sans excuse.

— Oh! mon Dieu! s'écria madame de Malouet en joignant les mains, taisez-vous donc! c'est une pauvre enfant abandonnée! Je la connais mieux que vous... Je vous atteste que, sous son apparence beaucoup trop légère, j'en conviens, elle a dans le fond autant de coeur que d'esprit.

— C'est précisément ce que je pense, madame; autant de l'un que de l'autre.

— Ah! c'est vraiment insupportable! murmura madame de Malouet en laissant retomber ses bras comme désespérée.

Au même instant, je vis s'agiter violemment le rideau qui couvrait à demi la porte près de laquelle nous étions assis, et la petite comtesse, quittant la cachette où l'avait confinée l'exigence de je ne sais quel jeu, se montra un moment à nos yeux dans la baie de la porte, et alla rejoindre le groupe des joueurs qui se tenait dans un petit salon voisin. Je regardai madame de Malouet:

— Comment! elle était là?

— Parfaitement. Elle nous entendait, et, de plus, elle nous voyait. J'ai eu beau multiplier les signes, vous étiez parti!

Je demeurai un peu confus. Je regrettais la dureté de mes paroles, car, en attaquant si violemment cette jeune femme, j'avais cédé à l'entraînement de la controverse plutôt qu'à un sentiment d'animadversion sérieuse. Au fond, elle m'est indifférente, mais c'est un peu trop de l'entendre vanter.

— Et maintenant, que dois-je faire? dis-je à madame de Malouet.

Elle réfléchit un moment, et me répondit, en haussant légèrement les épaules:

— Ma foi, rien: c'est ce qu'il y a de mieux.

Le moindre souffle fait déborder une coupe pleine: c'est ainsi que le petit désagrément de cette scène semble avoir exagéré le sentiment d'ennui qui ne me quitte guère depuis mon arrivée dans ce lieu de plaisance. Cette gaieté continue, ce mouvement convulsif, ces courses, ces danses, ces dîners, cette allégresse sans trêve et cet éternel bruit de fête m'importunent jusqu'au dégoût. Je regrette amèrement le temps que j'ai perdu à des lectures et à des recherches qui ne concernent en rien ma mission officielle, et n'en ont guère avancé le terme; je regrette les engagements que les aimables instances de mes hôtes ont arrachés à ma faiblesse; je regrette ma vallée de Tempé; par-dessus tout, Paul, je te regrette. Il y a certainement dans ce petit centre social assez d'esprits distingués et bienveillants pour former les éléments des relations les plus agréables et même les plus élevées; mais ces éléments se trouvent noyés dans la cohue mondaine et vulgaire. On ne les en dégage qu'avec peine, avec gêne, et jamais sans mélange. M. et madame de Malouet, M. de Breuilly même, quand sa jalousie insensée ne le prive pas de l'usage de ses facultés, sont certainement des intelligences et des coeurs d'élite; mais la seule différence des années ouvre des abîmes entre nous. Quant aux jeunes gens et aux hommes de mon âge que je rencontre ici, ils marchent tous d'un pas plus ou moins alerte dans le chemin de madame de Palme. Il suffit que je ne les y suive pas pour qu'ils me témoignent une sorte de froideur voisine de l'antipathie. Ma fierté n'essaye pas de rompre cette glace, bien que deux ou trois parmi eux me semblent bien doués, et révèlent des instincts supérieurs à la vie qu'ils ont adoptée.

Il est une question que je me pose quelquefois à ce sujet: valons-nous mieux, toi et moi, jeune Paul, que cette foule de joyeux compagnons et d'aimables viveurs, ou bien en différons-nous simplement? Comme nous, ils ont de l'honnêteté et de l'honneur; comme nous, ils n'ont ni vertu ni religion proprement dites. Jusque-là, nous sommes égaux. Nos goûts seuls et nos plaisirs ne se ressemblent pas: toutes leurs préoccupations appartiennent aux légers propos du monde, aux soins de la galanterie et à l'activité matérielle; les nôtres se donnent avec une prédilection presque exclusive à l'exercice de la pensée, aux talents de l'esprit, aux oeuvres bonnes ou mauvaises de l'intelligence. Au point de vue de la vérité humaine et suivant l'estime commune, il n'est guère douteux que la différence ne soit ici à notre avantage; mais, dans un ordre plus élevé, dans l'ordre moral, et, pour ainsi dire, devant Dieu, cette supériorité se soutient-elle? Ne faisons-nous, comme eux, que céder à un penchant qui nous entraîne d'un côté plutôt que d'un autre, ou obéissons-nous à un grand devoir? Quel est aux yeux de Dieu le mérite de la vie intellectuelle? Il me semble quelquefois que nous professons pour la pensée une sorte de culte païen dont il ne tient nul compte, et qui peut-être même l'offense. Plus souvent je crois qu'il veut qu'on use de la pensée, dût-on même la tourner contre lui, et qu'il agrée comme des hommages tous les frémissements de ce noble instrument de joie et de torture qu'il a mis en nous.

La tristesse n'est-elle pas, aux époques de doute et de trouble, une sorte de piété? J'aime à l'espérer. Nous ressemblons un peu, toi et moi, à ces pauvres sphinx rêveurs qui demandent vainement, depuis tant de siècles, aux thébaïdes du désert le mot de l'éternelle énigme. Serait-ce une folie plus grande et plus coupable que l'insouciance heureuse de la petite comtesse! Nous verrons bien. En attendant, garde, pour l'amour de moi, ce fond de mélancolie sur lequel tu brodes ta douce gaieté; car, Dieu merci, tu n'es pas un pédant: tu sais vivre, tu sais rire, et même aux éclats; mais ton âme est triste jusqu'à la mort, et c'est pourquoi j'aime jusqu'à la mort ton âme fraternelle.

VI

1er octobre.

Paul, il se passe quelque chose ici qui ne me plaît pas. Je voudrais avoir ton avis: envoie-le-moi le plus tôt possible.

Jeudi matin, après avoir terminé ma lettre, je descendis pour la remettre au courrier, qui part de bonne heure; puis, comme il ne restait que quelques minutes avant le déjeuner, j'entrai dans le salon, qui était encore désert. Je feuilletais tranquillement une Revue au coin du feu, quand la porte s'ouvrir brusquement: j'entendis le craquement et les froissements d'une robe de soie trop large pour franchir aisément une ouverture d'un mètre, et je vis paraître la petite comtesse: elle avait passé la nuit au château? — Si tu te rappelles le fâcheux dialogue où je m'étais empêtré dans la soirée de la veille, et que madame de Palme avait surpris d'un bout à l'autre, tu comprendras sans peine que cette dame fût la dernière personne du monde avec laquelle il pouvait m'être agréable de me trouver en tête-à-tête ce matin-là.

Je me levai, et je lui adressai une profonde révérence: elle y répondit par une inclination qui, bien que légère, était encore plus que je ne méritais de sa part. Les premiers pas qu'elle fit dans le salon, après m'avoir aperçu, étaient marqués d'une sorte d'hésitation et pour ainsi dire de flottement: c'était l'allure d'une perdrix légèrement touchée dans l'aile et un peu étourdie du coup. Irait-elle au piano, à la fenêtre, à droite, à gauche ou en face? — Il était clair qu'elle l'ignorait elle-même; mais l'indécision n'est point le défaut de ce caractère: elle eut vite pris son parti, et, traversant l'immense salon d'une marche très-ferme, elle se dirigea vers la cheminée, c'est-à-dire vers mon domaine particulier.

Debout devant mon fauteuil et ma *Revue* à la main, j'attendais l'événement avec une gravité apparente qui cachait mal, je le crains, une assez forte angoisse intérieure. J'avais lieu, en effet, d'appréhender une explication et une scène. En toute circonstance de ce genre, les sentiments naturels à notre coeur et le raffinement qu'y ajoutent l'éducation et l'usage du monde, la liberté absolue de l'attaque et les bornes étroites de la défense permise, donnent aux femmes une supériorité écrasante sur tout homme qui n'est pas un mal-appris ou un amant. Dans la crise spéciale qui me menaçait, la vive conscience de mes torts, le souvenir de la forme presque injurieuse sous laquelle mon offense s'était produite, achevaient de m'interdire toute pensée de résistance; je me voyais livré pieds et poings liés à la vindicte effrayante d'une femme jeune, impérieuse et courroucée. Mon attitude était donc fort pauvre.

Madame de Palme s'arrêta à deux pas de moi, étala sa main droite sur le marbre de la cheminée, et allongea vers la flamme du foyer la pantoufle mordorée qui emprisonnait son pied gauche. Ayant accompli cette installation préalable, elle se tourna vers moi, et, sans m'adresser un seul mot, elle parut jouir de ma contenance, qui, je te le répète, ne valait rien. Je résolus de me rasseoir et de reprendre ma lecture; mais, auparavant, et en guise de transition, je crus devoir dire poliment:

— Vous ne voulez pas cette *Revue*, madame?

— Merci, monsieur, je ne sais pas lire.

Telle fut la réponse qui me fut aussitôt décochée d'une voix brève. Je fis de la tête et de la main un geste courtois, par lequel je semblais compatir doucement à l'infirmité qui m'était révélée; après quoi, je m'assis. J'étais plus tranquille. J'avais reçu le feu de mon adversaire. L'honneur me paraissait satisfait.

Néanmoins, au bout de quelques minutes de silence, je recommençai à sentir l'embarras de ma situation; j'essayais vainement de m'absorber dans ma lecture; je voyais une foule de petites pantoufles mordorées miroiter sur le papier. Une scène ouverte m'eût décidément semblé préférable à ce voisinage incommode et persistant, à la muette hostilité que trahissaient à mon regard furtif le pied agité de madame de Palme, le cliquetis de ses bagues sur la tablette de marbre et la mobilité palpitante de sa narine. Je poussai donc malgré moi un soupir de soulagement quand la porte, s'ouvrant tout à coup, introduisit sur le théâtre un nouveau personnage que je pouvais considérer comme un allié. C'était une dame, amie d'enfance de lady A…, et qui se nomme madame Durmaître. Elle est veuve et infiniment belle; elle se distingue par un degré de folie moindre au milieu des folles mondaines. A ce titre, et aussi bien en raison de ses charmes supérieurs, elle a conquis dès longtemps l'inimitié de madame de Palme, qui, par allusion aux toilettes sombres de sa rivale, au caractère languissant de sa beauté et à sa conversation un peu élégiaque, se plaît à l'appeler, entre jeunes gens, la *veuve du Malabar*. Madame Durmaître manque positivement d'esprit; elle a de l'intelligence, un peu de littérature et beaucoup de rêverie. Elle se pique d'un certain art de conversation. Me voyant dépourvu moi-même de tout autre talent de société, elle s'est mis dans la tête que je devais avoir celui-là, et a entrepris de s'en assurer. Il s'en est suivi entre nous un commerce assez assidu et presque cordial; car, si je n'ai pu répondre à toutes ses espérances, j'écoute du moins avec une attention religieuse le petit pathos mélancolique dont elle est coutumière. J'ai l'air de le comprendre, et elle m'en sait gré. La vérité est que je ne me lasse point d'entendre sa voix, qui est une musique, de regarder ses traits, qui sont d'une exquise pureté, et d'admirer ses grands yeux noirs, qu'un rideau de cils épais enveloppe d'une ombre mystique. Quoi qu'il en soit, ne t'inquiète pas: j'ai décidé que la saison d'être aimé, et d'aimer par conséquent, était passée pour moi; or, l'amour est une maladie qu'on n'a point quand on s'attache sincèrement à en réprimer les premières convulsions.

Madame de Palme s'était retournée au bruit de la porte: quand elle reconnut madame Durmaître, un éclair féroce jaillit de son oeil bleu; le hasard lui envoyait une proie. Elle laissa la belle veuve faire quelques pas vers nous avec la lenteur traînante et douloureuse qui caractérise son allure, et, partant d'un éclat de rire:

— Brava! dit-elle avec emphase: la marche du supplice! la victime traînée à l'autel! Iphigénie... ou plutôt Hermione...

Pleurante après son char vous voulez qu'on me voie!

Qui est-ce donc qui a fait ce vers-là?... Je suis si ignorante!... Ah! c'est votre ami M. de Lamartine, je crois! Il pensait à vous, ma chère!

— Ah! vous citez des vers maintenant, chère madame? dit madame Durmaître, qui n'a point la réplique.

— Pourquoi pas, chère madame? En avez-vous le monopole? "Pleurante après son char..." J'ai entendu dire cela à Rachel... Au fait, ça n'est pas de Lamartine, c'est de Boileau... Je vous dirai, ma petite Nathalie, que j'ai l'intention de vous demander des leçons de conversation sérieuse et vertueuse... C'est si amusant! et, pour commencer, voyons, lequel préférez-vous, de Lamartine ou de Boileau?

— Mais, Bathilde, il n'y a aucun rapport, répondit madame Durmaître avec assez de bon sens et avec beaucoup trop de bonne foi.

— Ah! reprit madame de Palme.

Et, me montrant du doigt tout à coup:

— Vous préférez peut-être monsieur, qui fait aussi des vers?

— Non, madame, dis-je, c'est une erreur; je n'en fais pas.

— Ah! je croyais. Pardon!

Madame Durmaître, qui doit sans doute à la conscience de sa beauté souveraine son inaltérable sérénité d'âme, s'était contentée de sourire avec une nonchalance dédaigneuse. Elle se laissa tomber dans le fauteuil que je lui abandonnais.

— Quel temps triste! me dit-elle; vraiment, ce ciel d'automne pèse sur l'âme! Je regardais tout à l'heure par la fenêtre: tous les arbres ressemblent à des cyprès, et toute la campagne à un cimetière. On dirait que…

— Non, ah! non,… je vous en prie, Nathalie, interrompit madame de Palme, arrêtez-vous là. C'est assez folâtrer à jeun. Vous vous ferez mal.

— Ah çà! ma chère Bathilde, il faut décidément que vous ayez passé une fort mauvaise nuit, dit la belle veuve .

— Moi, ma chère amie? ah! ne dites donc pas ça! J'ai fait des rêves célestes,… j'ai eu des extases… des extases, vous savez?… Mon âme s'est entretenue avec des âmes… pareilles à votre âme… Des anges m'ont souri à travers des cyprès,… et *coetera* pantoufles!

Madame Durmaître rougit légèrement, haussa les épaules et prit la *Revue* que j'avais posée sur la cheminée.

— A propos, Nathalie, reprit madame de Palme, savez-vous qui nous aurons aujourd'hui à dîner, en fait d'hommes?

L'excellente Nathalie nomma M. de Breuilly, deux ou trois autres personnages mariés et le curé de la commune.

— Alors, je vais partir après le déjeuner, dit la petite comtesse en me regardant.

— C'est fort gracieux pour nous, murmura madame Durmaître.

— Vous savez, répliqua l'autre avec un aplomb imperturbable, que je n'aime que la société des hommes, et il y a trois classes d'individus que je considère comme n'appartenant pas à ce sexe, ni à aucun autre: ce sont les hommes mariés, les prêtres et les savants. En terminant cette sentence, madame de Palme m'adressa un nouveau regard dont je n'avais, d'ailleurs, nul besoin pour comprendre qu'elle me faisait figurer dans sa classification des espèces neutres: ce ne pouvait être que parmi les individus de la troisième catégorie, bien que je n'y aie aucun droit; mais on est savant à peu de frais pour ces dames.

Cependant, le son d'une cloche retentit presque aussitôt dans la cour du château, et elle reprit:

— Ah! voilà le déjeuner, Dieu merci, car j'ai une faim diabolique, n'en déplaise aux purs esprits et aux âmes en peine.

Elle fit alors une glissade jusqu'à l'autre extrémité du salon et alla sauter au cou du marquis de Malouet, qui entrait suivi de ses hôtes. Pour moi, je m'empressai d'offrir mon bras à madame Durmaître et de lui faire oublier, à force de politesses, l'orage que venait d'attirer sur elle l'ombre de sympathie qu'elle me témoigne.

Ainsi que tu as pu le remarquer, la petite comtesse avait fait preuve dans le cours de cette scène, comme toujours, d'une liberté de langage sans mesure et sans goût; mais elle y avait déployé plus de ressources d'esprit que je ne lui en supposais, et, quoiqu'elle les eût dirigées contre moi, je ne pus me défendre de lui en savoir gré, — tant je hais les bêtes, que j'ai toujours trouvées en ce monde plus malfaisantes que les méchants. D'ailleurs pour être juste, les représailles dont je venais d'être l'objet, à part la circonstance qu'elles avaient frappé les trois quarts du temps sur une tête innocente, me semblaient d'assez bonne guerre: elles ne partaient point d'un fond mauvais; elles avaient une tournure d'espièglerie plutôt que ce caractère de sérieuse méchanceté auquel se monte si aisément une haine de femme, et pour de moindres provocations que celles dont la petite comtesse avait eu à se plaindre. En résumé, j'avais souri intérieurement plus d'une fois pendant cette escarmouche, et l'impression qu'elle me laissait sur le compte de mon ennemie était plutôt atténuante qu'aggravante. A l'éloignement et au dédain, que m'inspirait la mondaine extravagante, se mêlait désormais une nuance de douce pitié pour l'enfant mal élevée et pour la femme mal dirigée.

Les femmes sont habiles à saisir les nuances, et celle-ci n'échappa point à madame de Palme. Elle eut vaguement conscience de mon léger retour d'opinion vers elle; elle ne tarda pas même à s'en exagérer la portée et à prétendre en abuser. Pendant deux jours, elle me harcela de traits piquants que je supportai avec bonhomie, et auxquels je répondis même par quelques attentions, car j'avais encore sur le coeur les rudes expressions de mon dialogue avec madame de Malouet, et je ne croyais pas les avoir suffisamment expiées par le faible martyre que j'avais subi, le lendemain, en commun avec la belle veuve du Malabar.

Il n'en fallut pas davantage pour que madame Bathilde de Palme s'imaginât qu'elle pouvait me traiter en pays conquis et joindre Ulysse à ses compagnons. Avant-hier, dans la journée, elle avait essayé à plusieurs reprises la mesure de son pouvoir naissant sur mon coeur et sur ma volonté, en me demandant deux ou trois petits offices de cavalier servant, offices dont chacun ici ambitionne l'honneur avec émulation, et dont je m'acquittai pour ma part avec politesse, mais avec une froideur évidente. Ces jolis actes de servage ont quelquefois du charme, et surtout quand ils ne sont pas imposés; mais tous les âges et tous les caractères ne sont point faits pour s'y plier avec la même bonne grâce. Les esprits graves et les naturels un peu raides, sans jamais se refuser d'une façon maussade à ce que peut exiger en ce genre le simple savoir-vivre, doivent s'en tenir au nécessaire et ne pas rechercher des fonctions que la jeunesse et une certaine souplesse élégante sauvent seules du ridicule.

Cependant, malgré l'extrême réserve avec laquelle je l'étais prêté, tout le jour, à ces épreuves, madame de Palme crut à son entier succès; elle jugea étourdiment qu'il ne lui restait plus qu'à river ma chaîne et à me joindre à son triomphe, faible supplément de gloire assurément, mais qui enfin avait à ses yeux le mérite de lui avoir été contesté. Dans la soirée, comme je quittais la table de whist, elle s'avança vers moi délibérément et me pria de lui faire l'honneur de figurer avec elle dans la danse de caractère qu'on nomme cotillon. Je m'excusai, en riant, sur ma complète inexpérience; elle insista, me déclarant que j'avais évidemment des dispositions pour la danse, et me rappelant l'agilité dont j'avais donné des preuves dans la forêt. Enfin, pour terminer le débat, elle m'entraîna familièrement par le bras, en ajoutant qu'elle n'avait pas l'habitude de se voir refusée.

— Ni moi, madame, dis-je, celle de me donner en spectacle.

— Quoi! pas même pour me plaire?

— Pas même pour cela, madame, et quand même ce serait l'unique moyen d'y réussir.

Je la saluai en souriant sur ces mots, que j'avais accentués d'une manière si positive, qu'elle n'insista plus. Elle quitta mon bras brusquement et alla rejoindre un groupe de danseurs qui nous observait de loin avec un intérêt manifeste. Elle y fut accueillie par des chuchotements et des sourires, auxquels elle répondit par quelques phrases rapides, dont je n'entendis que le mot *revanche*. Je n'y fis pas autrement attention pour l'instant, et mon âme alla s'entretenir dans les nuages avec l'âme de madame Durmaître.

Le lendemain, une grande chasse devait avoir lieu dans la forêt. Je m'étais arrangé pour n'y point prendre part, voulant profiter d'une journée entière de solitude pour pousser mon malheureux travail. Vers midi, les chasseurs se réunirent dans la cour du château, qui retentit pendant un quart d'heure du son éclatant des trompes, du piétinement des chevaux et des aboiements de la meute. Puis cette mêlée tumultueuse s'engouffra dans l'avenue; le bruit s'éteignit peu à peu, et je demeurai maître de moi et de mon esprit, dans un silence d'autant plus doux qu'il est singulièrement rare sous ce méridien.

Je jouissais, depuis quelques minutes, de mon isolement, et je feuilletais, en souriant à mon bonheur, les pages in-folio de la *Neustria pia*, quand je crus entendre un cheval galoper dans l'avenue, et bientôt après sur le pavé de la cour.

— Quelque chasseur en retard! me dis-je à part moi.

En prenant ma plume, je commençai à extraire de l'énorme volume le passage relatif aux chapitres généraux des bénédictins; mais une nouvelle et plus grave interruption vint m'affliger: on frappait à la porte de la bibliothèque. Je secouai la tête avec humeur, et je dis: "Entrez!" du ton dont j'aurais pu dire: "Sortez!" On entra. J'avais vu, peu d'instant auparavant, madame de Palme prendre son vol, avec ses plumes, en tête de la cavalcade, et je ne fus pas médiocrement surpris de la retrouver à deux pas de moi, dès que la porte se fut ouverte. — Elle avait la tête nue et les cheveux attifés en arrière d'une façon bizarre: elle tenait d'une main sa cravache et relevait de l'autre la queue traînante de ses longues jupes d'amazone. L'animation de la course qu'elle venait de faire semblait encore exagérer l'expression d'audace qui est habituelle à son regard et à ses traits. Et portant sa voix était moins assurée qu'à l'ordinaire, lorsqu'elle me dit, à peine entrée:

— Ah! pardon!… est-ce que madame de Malouet n'est pas ici?

Je m'étais levé de toute ma grandeur.

— Non, madame, elle n'est pas ici.

— Ah! pardon!… Vous ne savez pas où elle est?

— Non, madame, mais je vais m'en informer, si vous le désirez.

— Merci, merci… Je vais la trouver… C'est qu'il m'est arrivé un accident…

— Vraiment, madame?

— Oh! fort peu de chose,… une branche a déchiré le bourdalou de mon chapeau, et mes plumes sont tombées…

— Vos plumes bleues, madame?

— Oui,… mes plumes bleues… Enfin, je suis revenue au château pour faire recoudre mon bourdalou… Vous êtes bien là pour travailler?

— Parfaitement, madame, on ne peut mieux.

— Etes-vous très-occupé dans ce moment-ci?

— Mais oui, madame, assez occupé.

— Ah! tant pis!

— Pourquoi donc?

— Parce que… j'avais envie,… l'idée m'était venue de vous demander de m'accompagner à la forêt… Ces messieurs seront presque arrivés quand je repartirai,… et je ne puis guère m'en aller seule,… si loin…

En gazouillant du bout des lèvres cette explication un peu embrouillée, la petite comtesse avait un air à la fois sournois et troublé qui fortifia beaucoup le sentiment de défiance que la gaucherie de son entrée avait fait naître dans mon esprit.

— Madame, lui dis-je, vous me désespérez: je regretterai toute ma vie d'avoir laissé échapper l'occasion charmante que vous daignez m'offrir, mais il faut que le courrier de demain emporte ce travail, que le ministre attend avec une extrême impatience.

— Vous avez peur de perdre votre place?

— Je n'en ai pas, madame; ainsi…

— Eh bien, laissez attendre le ministre pour moi; ça me flattera.

— C'est impossible, madame.

Elle prit un ton fort sec:

— Mais… c'est trop singulier!… Comment! vous ne tenez pas plus que cela à m'être agréable?

— Madame, lui dis-je assez sèchement, à mon tour, je tiendrais beaucoup à vous être agréable, mais je ne tiens nullement à vous faire gagner votre pari.

Je lançais cette insinuation un peu au hasard, m'appuyant sur quelques souvenirs et sur quelques indices que tu as pu recueillir çà et là dans mon récit. Toutefois, j'avais touché juste. Madame de Palme rougit jusqu'au front, balbutia deux ou trois paroles que je n'entendis pas, et sortit de l'appartement, ayant perdu toute contenance.

Cette déroute précipitée me laissa moi-même très-confus. Je ne saurais admettre que nous devions pousser le respect pour le sexe faible jusqu'à nous prêter sottement à tous les caprices et à toutes les entreprises qu'il peut plaire à une femme de diriger contre notre repos ou contre notre dignité; mais notre droit de légitime défense en de telles rencontres est circonscrit dans des limites étroites et délicates que je craignais d'avoir franchies. Il suffisait que madame de Palme fût isolée dans le monde, et sans autre protection que son sexe, pour qu'il me parût extrêmement pénible d'avoir cédé, sans mesure, à l'irritation, juste d'ailleurs, que m'avait causée son impertinente récidive. Comme j'essayais d'établir entre nos torts réciproques une balance qui calmât mes scrupules, on frappa de nouveau à la porte de la bibliothèque.

Ce fut cette fois madame de Malouet qui entra. Elle était émue.

— Ah çà! me dit-elle, qu'est-ce donc qui s'est passé?

Je lui contai de point en point le détail de mon entretien avec madame de Palme, et, tout en exprimant un profond regret de ma vivacité, j'ajoutai que la conduite de cette dame à mon égard était inexprimable, qu'elle m'avait pris deux fois en vingt-quatre heures pour objet de ses gageures, et que c'était beaucoup trop d'attention de sa part pour un homme qui lui demandait uniquement la grâce de ne pas s'occuper de lui plus qu'il ne s'occupait d'elle.

— Mon Dieu! me dit la bonne marquise, je ne vous reproche rien. J'ai pu apprécier par mes yeux, depuis quelques jours, votre conduite et la sienne; mais tout cela est fort désagréable. Cette enfant vient de se jeter en pleurant dans mes bras. Elle prétend que vous l'avez traitée comme une créature...

Je me récriai.

— Madame, je vous ai rapporté textuellement mes paroles.

— Ce ne sont pas vos paroles, c'est votre air, votre ton... Monsieur George, permettez-moi de m'expliquer franchement avec vous: avez-vous peur de devenir amoureux de madame de Palme?

— Nullement, madame.

— Avez-vous envie qu'elle devienne amoureuse de vous?

— Pas davantage, je vous assure.

— Eh bien, faites-moi un plaisir: mettez pour aujourd'hui votre amour-propre de côté, et accompagnez madame de Palme à la chasse.

— Madame!

— Le conseil vous paraît singulier; mais vous pouvez croire que je ne vous le donne pas sans y avoir réfléchi. L'éloignement que vous témoignez à madame de Palme est précisément ce qui attire vers vous cette enfant impérieuse et gâtée. Elle s'irrite et s'obstine contre une résistance à laquelle on ne l'a point accoutumée. Ayez l'humilité de lui céder. Faites cela pour moi.

— Sérieusement, madame, vous pensez...?

— Je pense, reprit en riant la vieille dame, ne vous en déplaise, que vous perdrez votre principal mérite à ses yeux aussitôt qu'elle vous verra subir son joug comme tout le monde.

— En vérité, madame, vous me présentez les choses sous un point de vue tout nouveau. Jamais je n'ai conçu la pensée d'attribuer les taquineries de madame de Palme à un sentiment dont j'eusse lieu de me glorifier.

— Et vous avez eu raison, reprit-elle vivement: il n'y a jusqu'à présent rien de pareil, Dieu merci; mais cela eût pu venir, et vous êtes trop galant homme pour le vouloir avec les dispositions que je vous connais.

— Je m'abandonne absolument à votre direction, madame; je vais mettre mon chapeau et mes gants. Reste à savoir comment madame de Palme accueillera mon empressement un peu tardif.

— Elle l'accueillera fort bien, si vous mettez de la bonne grâce à le lui offrir.

— Pour cela, madame, j'y mettrai toute celle dont je suis capable.

Sur cette assurance, madame de Malouet me tendit sa main, que je baisai avec un profond respect, mais avec une assez mince gratitude.

Quand j'arrivai dans le salon, botté et éperonné, madame de Palme y était seule: plongée dans un fauteuil et ensevelie sous ses jupes, elle achevait de rattacher son bourdalou. Elle leva et baissa rapidement les yeux qu'elle avait fort rouges.

— Madame, lui dis-je, je suis si sincèrement affligé de vous avoir offensée, que j'ose vous demander le pardon d'une maussaderie impardonnable. Je viens me mettre à votre disposition; si vous refusez ma compagnie, vous ne ferez que m'infliger une mortification très-méritée, mais vous me laisserez plus malheureux que je n'ai été coupable… et c'est beaucoup dire.

Madame de Palme, tenant plus de compte de l'émotion de ma voix que de mon pathos diplomatique, releva les yeux vers moi, entr'ouvrit les lèvres, ne dit rien, et finalement avança une main un peu tremblante que je me hâtai de recevoir dans la mienne. Elle se servit aussitôt de ce point d'appui pour se dresser sur ses pieds, et bondit légèrement sur le parquet. Quelques minutes après, nous étions tous deux à cheval, et nous sortions de la cour du château.

Nous atteignîmes l'extrémité de l'avenue sans avoir échangé une parole. Je sentais profondément, tu peux le croire, combien ce silence, de mon côté du moins, était gauche, empesé et ridicule; mais, comme il arrive souvent dans les circonstances qui réclament le plus impérieusement des ressources d'éloquence, j'étais frappé d'une

stérilité d'esprit invincible. Je che   nais vainement une entrée en
matière vraisemblable, et plus je r   dépitais de n'en trouver aucune, moins je devenais capable d'y   ussir. J'étais, d'ailleurs, agité de
réflexions aussi nouvelles que pén   es; je suivais malgré moi l'ordre
d'idées très-imprévu où m'avaien   té les étranges appréciations de
madame de Malouet. Je me dema   ais jusqu'à quel point ces appréciations pouvaient être fondées,   usqu'à quel point, en ce cas, les
conseils et la prudence de la ma   uise avaient été bien inspirés. Je
me rappelais la vivacité hautai   volontaire et capricieuse de la
jeune femme qui était à mes   és; je voyais son air accablé et
presque dompté. Tout cela me   ublait et me touchait vaguement.
L'abîme qui me sépare à jamai   une telle personne n'en subsistait
pas moins dans son immensité   ais, si cela peut se dire, je sentais
toujours entre nous la distance   je ne sentais plus l'éloignement.

Madame de Palme qui n'ét   pas initiée à mes secrètes méditations, et qui, d'ailleurs, n'en e   peut-être goûté que modérément les
nuances les plus bienveillan   , finit par s'impatienter d'un silence
au moins embarrassant.

— Si nous courions un pe   dit-elle tout à coup.

— Courons, dis-je.

Et nous partîmes au ga¹   , ce qui me soulagea infiniment.

Cependant, il fallut, b   gré, mal gré, ralentir notre allure au haut
du chemin tortueux qu'   ène dans la vallée des Ruines. Le soin de
guider nos chevaux d   s le cours de cette descente difficile put
encore, durant quelqu   minutes, servir de prétexte à mon mutisme;
mais, en arrivant sur   terre-plein de la vallée, je vis bien qu'il fallait
parler à tout prix, e   allais débuter par une banalité quelconque,
lorsque madame de   alme voulut bien me prévenir:

— On dit, mons   ir, que vous avez beaucoup d'esprit?

— Madame, ré   ndis-je en riant, vous pouvez en juger.

— Difficilem   t jusqu'ici, quand même j'en serais capable, ce que
vous êtes trè   ioigné de croire… Oh! ne le niez pas! C'est parfaitement ir   le après la conversation que le hasard m'a fait entendre l'au¹   soir…

— Madame, j'ai commis tant de méprises sur votre compte, que vous devez vous expliquer la confusion pitoyable où je suis vis-à-vis de vous.

— Et sur quels points vous êtes-vous mépris?

— Sur tous, je crois.

— Vous n'en êtes pas bien sûr... Convenez, au moins, que je suis une bonne femme...

— Oh! de tout mon soeur, madame!

— Vous avez bien dit cela... Je crois que vous le pensez... Vous n'êtes pas méchant non plus, je crois, et cependant vous l'avez été pour moi, cruellement.

— C'est vrai.

— Quelle espèce d'homme êtes-vous donc? reprit la petite comtesse de sa voix brève et brusque. Je n'y comprends pas grand'chose. A quel titre, en vertu de quoi me méprisez-vous? Je suppose que je sois réellement coupable de toutes les intrigues qu'on me prête: qu'est-ce que cela vous fait? Etes-vous un saint, vous? un réformateur? N'avez-vous jamais eu de maîtresses? Avez-vous plus de vertu que les autres hommes de votre âge et de votre condition? Quel droit avez-vous de me mépriser? Expliquez-moi ça.

— Madame, si j'avais à me reprocher les sentiments que vous me supposez, je vous répondrais que jamais personne, dans votre sexe ni dans le mien, n'a pris sa propre moralité pour règle de son opinion et des jugements sur autrui; on vit comme on peut, et on juge comme on doit: c'est, en particulier, une inconséquence très-ordinaire parmi les hommes, de ne point estimer les faiblesses qu'ils encouragent et dont ils profitent... Mais, pour mon compte, je me tiens sévèrement en garde contre un rigorisme aussi ridicule chez un homme que coupable chez un chrétien... Et quant à cette conversation qu'un hasard déplorable vous a livrée, et où mes expressions, comme il arrive toujours, ont dépassé de beaucoup la mesure de ma pensée, — c'est une offense que je n'effacerai jamais, je le sais; mais je vous l'expliquerai du moins avec franchise. Chacun a ses goûts et sa façon d'entendre la vie en ce monde: nous différons tellement, vous et moi, à cet égard, que j'ai conçu pour vous, et que vous avez conçu pour moi, à vue de pays, une antipathie extrême. Cette disposition, qui, d'un côté du moins, madame, devait se modifier singulièrement sur plus ample informé, m'a entraîné à des mouvements d'humeur et à des vivacités de controverse peu réfléchis: vous avez souffert sans doute, madame, des violences de mon langage, mais beaucoup moins, veuillez le croire, que je n'en devais souffrir moi-même, après en avoir reconnu l'injustice profonde et irréparable.

Cette apologie, plus sincère que lucide, n'obtint point de réponse. Nous achevions, en ce moment, de traverser l'église de l'abbaye, et nous nous trouvâmes, à l'improviste, mêlés aux derniers rangs de la cavalcade. Notre apparition fit courir un sourd murmure dans la foule pressée des chasseurs. Madame de Palme fut entourée aussitôt d'une troupe joyeuse qui parut lui adresser des félicitations sur le gain de sa gageure. Elle les reçut d'une mine indifférente et boudeuse, fouetta son cheval et gagna les avant-postes pour entrer en forêt.

Cependant, M. de Malouet m'avait accueilli avec une affabilité plus marquée encore que de coutume; et, sans faire aucune allusion directe à l'incident qui m'amenait, contre mon gré, à cette fête cynégétique, il n'omit aucune attention pour m'en faire oublier le léger désagrément. Bientôt après, les chiens lancèrent un cerf, et je les suivis avec ardeur, n'étant nullement insensible à l'ivresse de ce divertissement viril, quoiqu'elle ne suffise pas à mon bonheur en ce monde.

La meute se laissa dépister deux ou trois fois, et la journée tourna à l'avantage du cerf. — Nous reprîmes vers quatre heures le chemin du château. Quand nous traversâmes la vallée au retour, la crépuscule dessinait déjà plus nettement sur le ciel la silhouette des arbres et la crête des collines: une ombre mélancolique descendait sur les bois, et un brouillard blanchâtre glaçait l'herbe des prairies, tandis qu'une brume plus épaisse marquait les détours de la petite rivière. Comme je m'absorbais dans la contemplation de cette scène, qui me rappelait des jours meilleurs, je vis, tout à coup, madame de Palme à mes côtés.

— Je crois, après réflexion, me dit-elle avec sa brusquerie accoutumée, que vous méprisez mon ignorance et mon manque d'esprit beaucoup plus que ma prétendue légèreté de moeurs... Vous faites moins de cas de la vertu que de la pensée... Est-ce cela?

— Non assurément, dis-je en riant, ce n'est pas cela; ce n'est rien de tout cela. D'abord, le mot de mépris doit être supprimé, n'ayant rien à faire ici;... ensuite, je ne crois guère à votre ignorance et pas du tout à votre manque d'esprit... Enfin, je ne vois rien au-dessus de la vertu, quand je la vois, ce qui est rare. Je suis confus au reste, madame, de l'importance que vous attachez à ma manière de voir... Le secret de mes prédilections et de mes répugnances est fort simple: j'ai, comme je vous le disais, le plus religieux respect pour la vertu, mais toute la mienne se borne à un sentiment profond de quelques devoirs essentiels que je pratique tant bien que mal; je ne saurais donc exiger davantage de qui que ce soit... Quant à la pensée, j'avoue que j'en fais grand cas, et la vie me paraît chose trop sérieuse pour être traitée sur le pied d'un bal continuel, du berceau à la tombe. De plus, les productions de l'intelligence, les oeuvres de l'art en particulier, sont l'objet de mes préoccupations les plus passionnées, et il est naturel que j'aime à pouvoir parler de ce qui m'intéresse. Voilà tout.

— Faut-il absolument avoir sans cesse à la bouche les extases de l'âme, les cimetières et la Vénus de Milo pour prendre dans votre opinion le rang d'une femme sérieuse et d'une femme de goût?... Au surplus, vous avez raison, — je ne pense jamais; si je pensais une seule minute, il me semble que je deviendrais folle, que ma tête craquerait... Et à quoi pensiez-vous, vous, dans la cellule de ce vieux couvent?

— J'y ai beaucoup pensé à vous, dis-je gaiement, le soir de ce jour où vous m'aviez si rudement pourchassé, et je vous y ai maudite de tout mon coeur.

— Cela se comprend.

Elle se mit à rire, regarda un peu autour d'elle et reprit:

— Quel joli vallon! quelle charmante soirée!... Et maintenant me maudissez-vous?

— Maintenant, je voudrais, du fond de l'âme pouvoir quelque chose pour votre bonheur.

— Et moi pour le vôtre, dit-elle simplement.

Je m'inclinai pour toute réponse, et il s'ensuivit un court silence.

— Si j'étais homme, reprit tout à coup madame de Palme, je crois que je me ferais ermite.

— Oh! quel dommage!

— Ca ne vous étonne pas, cette idée?

— Non, madame.

— Rien de nous étonnerait de ma part, avouez-le. Vous me croyez capable de tout, — de tout, peut-être même de vous aimer?...

— Pourquoi pas? On revient de loin! Je vous aime bien, moi, à l'heure qu'il est! C'est un bel exemple à suivre.

— Vous me permettrez d'y réfléchir.

— Pas longtemps!

— Le temps qu'il faudra... Nous sommes amis en attendant.

— Si nous sommes amis, il n'y a plus rien à attendre, dis-je en présentant franchement ma main à la petite comtesse.

Je sentis qu'elle la serrait avec un peu de réserve, et la conversation finit là. Nous étions au haut des collines, la nuit était tout à fait tombée, nous ne fîmes plus qu'une course jusqu'au château.

Comme je descendais de ma chambre pour le dîner, je rencontrai madame de Malouet dans le vestibule:

— Eh bien, me dit-elle en riant, vous êtes-vous conformé à l'ordonnance?

— Religieusement, madame.

— Vous vous êtes montré subjugué?

— Oui, madame.

— C'est parfait. La voilà tranquille, et vous aussi.

— Ainsi soit-il! dis-je.

La soirée se passa sans autre incident. Je me plus à rendre à madame de Palme quelques petits services qu'elle ne me demandait plus. Elle quitta deux ou trois fois la danse pour m'adresser des plaisanteries bienveillantes qui lui traversaient la cervelle, et, quand je me retirai, elle me suivit jusqu'à la porte d'un regard souriant et cordial.

Je te demande maintenant, ami Paul, de dégager le sens précis et la moralité de cette histoire. Tu jugeras peut-être, et je le désire, qu'une imagination chimérique peut seule donner les proportions d'un événement à cet épisode vulgaire de la vie mondaine; mais, si tu vois dans les faits que je t'ai racontés le moindre germe d'un danger, le moindre élément d'une complication sérieuse, dis-le-moi; je romps les engagements qui me devaient encore retenir ici une dizaine de jours, et je pars.

Je n'aime point madame de Palme; je ne puis ni ne veux l'aimer. Mon opinion sur son compte s'est évidemment transformée; je la regarde désormais comme une bonne petite femme. Sa tête est légère et le sera toujours; sa conduite veut mieux qu'on ne le dit, quoique moins peut-être qu'elle ne le dit de son côté; enfin, son coeur a du poids et du prix. J'ai pour elle de l'amitié, une affection qui a quelque chose de paternel; mais, de moi à elle, rien de plus n'est vraisemblable; l'étendue des cieux nous sépare. La pensée d'être son mari me fait éclater de rire, et, par un sentiment que tu apprécieras, la pensée d'être son amant me fait horreur. — Chez elle, je crois à l'ombre d'un caprice, et pas même à la pénombre d'une passion. Me voilà sur son étagère avec les autres magots, et je pense, comme madame de Malouet, que cela lui suffira. Toutefois, qu'en penses-tu, toi?

Je crois nécessaire de te rappeler, Paul, en terminant cette consultation dont certains passages exhalent un parfum si suspect, de te rappeler, mon ami, que je ne suis pas un fat. Je t'ai dit la vérité stricte. La fatuité ne consiste pas, je suppose, à s'apercevoir qu'une femme vous serre la main quand elle vous la tord, mais à tirer vanité d'un genre de succès si commun et si rarement réservé au mérite. Je me rappelle toujours ce vieux comédien de province ridé, couturé, craquelé, hideux et bête, qui me contait qu'une femme superbe lui disait un soir: "Oh! tu n'es pas un homme, tu es un dieu!" Je suis convaincu que c'était vrai. Oui, par la merci du ciel, le plus laid des mortels, et c'est notre ami G... de l'Institut, a le plaisir de s'entendre dire au moins une fois en sa vie par une bouche de femme qu'il est beau comme un ange. Cela a été de tout temps, et c'est pourquoi, de tout temps, fat a été synonyme de sot. Tout aveugle trouve un chien qui le suit et n'en est pas plus fier.

Bonsoir.

VII

7 octobre.

Cher Paul, je prends part du fond du coeur à ton chagrin. Permets-moi seulement de t'affirmer, d'après les détails mêmes de ta lettre, que la maladie de ton excellente mère n'offre aucun symptôme inquiétant. C'est une de ces crises douloureuses, mais sans danger, que l'approche de l'hiver lui ramène presque invariablement chaque année, tu le sais. Patience donc, et courage, je t'en prie.

Il me faut, mon ami, l'expression formelle de ton désir pour que j'ose mêler mes petites misères à tes sérieuses sollicitudes. — Comme tu le prévoyais dans ta sagesse et dans ta bonne amitié, je devais avoir besoin, quand je recevrais ta lettre, non de conseils, mais de consolations. Je n'ai pas le coeur tranquille, et, ce qui est pire pour moi, ma conscience ne l'est pas davantage: cependant, j'ai cru faire mon devoir. L'ai-je bien ou mal compris? Tu en jugeras. Mon Dieu, je porte quelquefois une stupide envie à ceux que je vois céder sans scrupule, sans combat, avec le pur instinct de la brute, à ce qui les attire ou à ce qui les repousse! Que de tourments donne la conscience à une âme naturellement honnête, qui n'est point guidée par des principes certains et soutenue par une foi positive!

Je reprends ma situation vis-à-vis de madame de Palme où je l'avais laissée dans ma dernière lettre. — Le lendemain de notre explication, je mis tous mes soins à maintenir nos relations sur le pied de bonne camaraderie où elles me paraissaient établies, et qui constituaient, selon moi, le seul genre d'intelligence qui fût désirable, et même possible entre nous. Il me sembla, ce jour-là, qu'elle se montrait animée de la même vivacité et du même entrain qu'à l'ordinaire; seulement, je crus remarquer que son regard et sa voix, lorsqu'elle s'adressait à moi, prenaient une douceur sérieuse qui n'est point de son caractère habituel; mais, les jours suivants, quoique je n'eusse point dévié de la ligne de conduite que je m'étais tracée, il me fut impossible de ne pas m'apercevoir que madame de Palme avait perdu quelque chose de sa gaieté, et qu'une vague préoccupation altérait la sérénité de son front. Je la voyais étonner ses danseurs par ses distractions: elle continuait de suivre le tourbillon, mais elle ne le dirigeait plus. Elle prétextait brusquement de la fatigue au milieu d'une valse, quittait sans autre cérémonie le bras de son cavalier, et s'asseyait dans un coin d'un air boudeur et pensif. S'il y avait un fauteuil vide près du mien, elle s'y jetait, et commençait à travers son éventail une conversation bizarre et à bâtons rompus, comme celle-ci:

— Si je ne puis me faire ermite, je puis me faire religieuse... Que diriez-vous, si vous me voyiez demain entrer dans un couvent?

— Je dirais que vous en sortiriez après-demain.

— Vous m'avez aucune confiance dans mes résolutions?

— Quand elles sont folles, non.

— Je ne puis en concevoir que de folles, selon vous!

— Selon moi, vous valsez à merveille. Quand on valse comme vous, c'est un art, et presque une vertu.

— Est-ce qu'on flatte ses amis?

— Je ne vous flatte pas. Je ne vous dis jamais un mot que je n'aie pesé et qui ne soit l'expression la plus grave de ma pensée. Je suis un homme sérieux, madame.

— Il n'y paraît guère avec moi. Je crois que vous avez entrepris de me faire détester le rire autant que je l'ai aimé.

— Je ne vous comprends pas.

— Comment me trouvez-vous ce soir?

— Eblouissante.

— C'est trop. Je sais que je ne suis point belle.

— Je ne dis pas que vous soyez belle, mais vous êtes très-gracieuse.

— A la bonne heure. Ce doit être vrai, car je le sens. La veuve du Malabar est vraiment belle.

— Oui; je voudrais la voir au bûcher.

— Pour vous y jeter avec elle?

— Précisément.

— Partez-vous bientôt?

— La semaine prochaine, je crois.

— Viendrez-vous me voir à Paris?

— Si vous me le permettez…

— Non, je ne vous le permets pas.

— Et pourquoi, grand Dieu?

— D'abord, je ne crois pas que j'y retourne, à Paris.

— C'est une raison. Et où irez-vous, madame?

— Je ne sais pas. Voulez-vous faire un voyage à pied quelque part, nous deux?

— Je crois bien! Partons-nous?

Et coetera. Je ne te fatiguerai pas, mon ami, du détail d'une dizaine de dialogues semblables dont madame de Palme rechercha manifestement l'occasion pendant quatre jours: c'était de sa part un effort de plus en plus marqué pour sortir du lieu commun et imprimer à nos entretiens un caractère plus intime; c'était de la mienne une égale obstination à les renfermer dans les limites du jargon et à demeurer inébranlable sur le terrain de la futilité mondaine. Elle s'en apercevait, en riait souvent et s'en fâchait quelquefois, s'étonnant qu'entre nous le sérieux eût passé subitement de son côté.

Un manège si nouveau n'avait aucune chance d'échapper au public envieux ou jaloux qui surveille tous les pas de la petite comtesse, d'autant plus qu'elle s'y abandonnait avec une franchise et une naïveté vraiment enfantines. Elle ne laissait pas de remarquer parfois la gêne et l'espèce d'ennui que me causait l'attention curieuse qu'elle attirait sur nous. "Je vous compromets, disait-elle; je m'en vais!" Tout en me récriant vivement, je ne faisais rien pour la retenir, car tu me connais assez, mon ami, pour ne pas douter que ma réserve ne fût de bon aloi et de bonne foi: j'avais pour système d'éloigner autant que possible madame de Palme, sans la blesser jamais. Maintenant encore, je ne saurais concevoir quelle meilleure conduite j'aurais pu tenir, quoique celle-là n'ait pas eu le succès que je m'en étais promis. Si j'avais à subir sur ce fait un autre jugement que le tien, je pourrais dire, pour ma défense, qu'il m'a fallu quelquefois un effort de courage méritoire, non pour repousser la pauvre gloriole que le monde attache à l'espèce de triomphe qui semblait m'être offert, mais pour comprimer les mouvements secrets que le charme, la grâce et la bienveillance de cette jeune femme soulevaient dans un coeur moins ferme que mon esprit.

J'arrive à la scène qui devait terminer cette lutte pénible, et m'en prouver malheureusement toute la vanité. — Pour faire leurs adieux à leur fille, dont le mari est rappelé à son poste, M. et madame de Malouet donnaient hier un grand bal de gala, auquel tous les environs, à dix lieues à la ronde, avaient été convoqués. Vers dix heures, la foule inondait l'immense rez-de-chaussée du château, où les toilettes, les lumières et les fleurs se confondaient dans un pêle-mêle éblouissant. — Comme j'essayais de pénétrer dans le salon principal, je me trouvai vis-à-vis de madame de Malouet, qui me tira un peu à l'écart.

— Eh bien, mon cher monsieur, me dit-elle, cela va mal.

— Mon Dieu! qu'y a-t-il de nouveau?

— Je ne sais trop, mais soyez sur vos gardes. Ah! cela ne va pas bien… Mon Dieu, j'ai en vous une confiance bien singulière, monsieur; vous ne la tromperez pas, n'est-ce pas?

Sa voix était attendrie et son regard humide.

— Madame, comptez sur moi… mais j'aurais bien dû partir il y a huit jours.

— Eh mon Dieu! qui pouvait prévoir pareille chose?… Silence!

Je me retournai et je vis madame de Palme qui sortait du salon, et devant laquelle la cohue ouvrait ses rangs avec cet empressement craintif et cette espèce de terreur qu'inspire généralement à notre sexe la suprême élégance d'une royauté féminine. Il y a dans ces jeunes reines d'une nuit, lorsqu'elles nous apparaissent environnées de toute la pompe mondaine, et traversant d'un pied vainqueur leur empire étroit et charmant, il y a sur leur front hautain, dans leurs regards radieux et enivrés, une magie qui pénètre les âmes les plus fières. — Pour la première fois, madame de Palme me parut belle: une expression étrange et que je ne lui avais jamais vue, une vive exaltation rayonnait dans ses yeux et transfigurait ses traits.

— Suis-je à votre goût? me dit-elle.

Je lui témoignai par je ne sais quel murmure un assentiment qui n'était, d'ailleurs, que trop visible pour l'oeil perçant d'une femme.

— Je vous cherchais, reprit-elle, pour vous faire voir la serre; c'est une vraie féerie; venez!

Elle prit mon bras, et nous nous dirigeâmes vers la porte de la serre, qui s'ouvrait à l'autre extrémité du salon, prolongeant jusqu'au parc, à travers les lianes et les parfums de mille plantes exotiques, toutes les splendeurs de la fête. Pendant que nous admirions l'effet des girandoles qui scintillaient au milieu de la puissante flore tropicale comme les constellations brillantes d'un autre hémisphère, plusieurs cavaliers vinrent réclamer pour une valse la main de madame de Palme: elle les refusa, quoique j'eusse l'abnégation de joindre mes instances aux leurs.

— Nos rôles me semblent un peu intervertis, me dit-elle. C'est moi qui vous retiens, et c'est vous qui me renvoyez.

— Dieu m'en garde! mais je crains que vous ne vous priviez, par bonté pour moi, d'un plaisir que vous aimez — et qui vous aime.

— Non! je sais fort bien que je vous recherche et que vous me fuyez. C'est assez absurde aux yeux du monde, mais cela m'est fort égal. Pour ce soir, du moins, j'entends m'amuser comme je le voudrai. Je vous défends de troubler mon bonheur. Je suis vraiment très-heureuse. J'ai tout ce qu'il me faut: de belles fleurs, de bonne musique autour de moi, et un ami à mon bras. Seulement, et c'est un point noir dans mon ciel bleu, je suis beaucoup plus sûre de la musique et des fleurs que de l'ami.

— Vous avez grand tort.

— Expliquez-moi donc votre conduite, une fois pour toutes. Pourquoi ne voulez-vous jamais causer sérieusement avec moi? pourquoi refusez-vous obstinément de me dire un seul mot qui sente la confiance, l'intimité, l'amitié enfin?

— Veuillez y réfléchir une minute, madame: où cela nous mène-t-il?

— Qu'est-ce que cela vous fait? Cela nous mène où cela peut.
Il est plaisant que vous vous en préoccupiez plus que moi!

— Voyons, quelle idée auriez-vous de moi si je vous faisais la cour?

— Je ne vous demande pas de me faire la cour, dit-elle vivement.

— Non, madame; mais c'est pourtant la tournure que prendrait infailliblement mon langage, s'il cessait un instant d'être frivole et banal. Eh bien, avouez qu'il y a un homme au monde qui ne pourrait vous faire la cour sans s'attirer votre mépris, et que je suis cet homme-là. Je ne vous dirai pas que je sois très-satisfait de m'être mis dans une telle situation vis-à-vis de vous; mais enfin j'y suis, et je ne saurais l'oublier.

— C'est beaucoup de raison!

— Madame, c'est beaucoup de courage.

Elle secoua la tête d'un air de doute, et reprit après un moment de silence:

— Savez-vous que vous venez de me parler comme à une femme perdue?

— Madame!

— Certainement. Vous croyez que je ne puis jamais supposer à un homme qui me fait la cour une autre intention que celle de m'avoir pour maîtresse. Ce serait le fait d'une femme perdue, et je ne le suis pas; vous avez beau ne pas le croire, c'est la pure vérité du bon

Dieu… Oui, du bon Dieu. Dieu me connaît, et je le prie plus souvent qu'on ne pense. Il m'a préservée de mal faire jusqu'ici, et j'espère qu'il m'en préservera toujours; mais c'est une chose dont il n'est pas seul maître…

Elle s'arrêta un moment, et ajouta d'un ton ferme:

— Vous y pouvez beaucoup.

— Moi, madame?

— Je vous au laissé prendre, je ne sais comment… non, je ne le sais en vérité pas!… un grand empire sur ma destinée… Voudrez-vous en user? Voilà la question.

— Et à quel titre,… en quelle qualité le pourrais-je, madame? dis-je lentement, sur le ton d'une froide réserve.

— Ah! s'écria-t-elle d'un accent sourd et énergique, vous me demandez cela?… Ah! c'est trop dur! vous m'humiliez trop!

Elle quitta mon bras aussitôt, et rentra brusquement dans le salon.

Je demeurai quelque temps incertain du parti que je devais prendre. Je voulus d'abord suivre madame de Palme et lui faire entendre qu'elle s'était méprise, — ce qui était la vérité, — sur la portée de la réponse sous forme d'interrogation dont elle s'était offensée. Elle avait apparemment appliqué cette réponse à quelque pensée qui la dominait, que je connaissais mal, que ses paroles, du moins, m'avaient révélée beaucoup moins clairement qu'elle ne se l'imaginait; mais, après y avoir réfléchi, je reculai devant l'explication nouvelle et redoutable que j'allais inévitablement provoquer. Je résolus de demeurer sous le coup des imputations les plus fâcheuses auxquelles mon attitude et mon langage avaient pu donner lieu, et de dévorer en silence l'amertume dont cette scène m'avait empli le coeur.

Je quittai la serre et j'entrai dans les jardins pour échapper aux rumeurs du bal, qui importunaient mon oreille. La nuit était froide mais belle. Un instinct douloureux m'entraîna hors de la zone lumineuse que projetaient autour du château les baies des fenêtres resplendissantes. Je me dirigeai à grands pas vers un épais massif d'ombre, formé par une double avenue de sapins qui sépare le jardin du parc, et que traverse un pont rustique jeté sur un ruisseau.

J'entrais sous la voûte de cette sombre allée, quand une main toucha mon bras et m'arrêta; en même temps, une voix brève et troublée, que je ne pus méconnaître, me dit:

— Il faut que je vous parle!

— Madame, par grâce! au nom du ciel!… que faites-vous! vous vous perdez!… Retournez,… venez! Je vais vous reconduire, voyons!

Je voulus saisir son bras; elle se dégagea.

— Je veux vous parler,… j'y suis décidée… Oh mon Dieu! que je m'y prends mal, n'est-ce pas? Que vous devez le croire plus que jamais une misérable créature! Et pourtant il n'y a rien,… rien! c'est la vérité même, mon Dieu! Vous êtes le premier pour qui j'aie oublié… tout ce que j'oublie!… Oui, le premier!… Jamais homme n'a entendu de ma bouche une parole de tendresse, jamais! et vous ne me croyez pas!

Je pris ses deux mains dans les miennes.

— Je vous crois, je vous le jure… Je vous jure que je vous estime,… que je vous respecte comme ma fille chérie… Mais écoutez-moi, daignez m'écouter! ne bravez pas ouvertement ce monde impitoyable,… rentrez au bal… Je vais vous y retrouver bientôt, je vous le promets;… mais, au nom du ciel! ne vous perdez pas!

La malheureuse enfant fondit en larmes, et je sentis qu'elle chancelait; je la soutins et je la fis asseoir sur un banc qui se trouvait là. — Je demeurai debout devant elle, tenant une de ses mains. Les ténèbres étaient profondes autour de nous; je regardais le vide et j'écoutais, dans une vague stupeur, le murmure clair et régulier du ruisseau qui coule sous les sapins, le sanglot convulsif qui soulevait le sein de la jeune femme, et l'odieux bruit de fête que l'orchestre nous envoyait de loin par intervalles. C'est un de ces instants dont on se souvient toujours.

Elle se remit enfin, et parut reprendre, après cette explosion de douleur, toute sa fermeté.

— Monsieur, me dit-elle en se levant et en retirant sa main, ne vous inquiétez pas de ma réputation. Le monde est habitué à mes folies. J'ai pris, d'ailleurs, mes mesures pour que celle-ci ne fût pas remarquée. Peu m'importerait, du reste. Vous êtes le seul homme dont j'aie désiré l'estime et le seul aussi, malheureusement, dont j'aie encouru le mépris... Cela est bien cruel... Quelque chose doit vous dire pourtant que je ne le mérite pas!

— Madame!...

— Ecoutez-moi! Ah! que Dieu veuille vous convaincre! c'est une heure solennelle dans ma vie. Monsieur, depuis le premier regard que vous avez attaché sur moi, ce jour où je me suis approchée de vous pendant que vous dessiniez cette vieille église,... depuis ce regard, je vous appartiens. Je n'ai aimé, je n'aimerai jamais que vous... Voulez-vous que je sois votre femme? J'en suis digne,... je vous l'atteste, je vous l'atteste devant ce ciel qui nous voit!

— Chère madame,... chère enfant,... votre bonté,... votre tendresse,... me troublent jusqu'au fond de l'âme!... De grâce, un peu de calme,... laissez-moi une lueur de raison!

— Ah! si votre coeur vous parle, écoutez-le, monsieur! Ce n'est pas avec la raison qu'il faut me juger!... Hélas! je le sens, vous doutez encore de moi, de mon passé... Oh Dieu! cette opinion du monde, que j'ai dédaignée, que j'ai foulée aux pieds, comme elle se venge! comme elle me tue!

— Mon, madame, vous vous trompez;... mais que pourrais-je vous offrir en échange de ce que vous voulez me sacrifier,... des habitudes, des goûts, des plaisirs de toute votre vie?

— Mais cette vie me fait horreur! Vous croyez que je la regretterais? Vous croyez qu'un jour je redeviendrais la femme que j'ai été,... la folle que vous avez connue?... Vous le croyez! Et comment vous empêcher de le croire? Pourtant, je sais bien que je ne vous donnerais jamais ce chagrin, ni aucun autre... Jamais! J'ai lu dans vos yeux un monde nouveau que j'ignorais, un monde plus digne, plus élevé, dont je n'avais jamais eu l'idée,... et hors duquel je ne puis plus vivre!... Ah! vous devez pourtant bien sentir que je vous dis la vérité!

— Oui, madame, vous me dites la vérité,... la vérité de l'heure présente,... d'une heure de fièvre et d'exaltation;... mais ce monde nouveau qui vous apparaît vaguement, ce monde idéal auquel vous voulez demander un refuge éternel contre quelques dégoûts passagers ne vous donnerait jamais ce qu'il semble vous promettre... La déception, le regret, le malheur, vous y attendent,... et ne vous y attendent pas seule. Je ne sais s'il existe un homme d'un assez noble esprit, d'une âme assez belle pour vous faire aimer l'existence nouvelle que vous rêvez, pour lui conserver dans la réalité le caractère presque divin que votre imagination lui prête; mais je sais que cette tâche,... qui serait si douce,... est au-dessus de moi; je serais un fou, — et je serais aussi un misérable si je l'acceptais.

— Est-ce votre détermination dernière? La réflexion n'y peut-elle rien changer?

— Rien.

— Adieu donc, monsieur... Ah! malheureuse que je suis!... Adieu!

Elle saisit ma main, qu'elle serra convulsivement, puis elle s'éloigna.

Quand elle eut disparu, je m'assis sur le banc où elle était assise. Là, mon pauvre Paul, toute force m'abandonna. Je cachai ma tête dans mes mains, et je pleurai comme un enfant. — Dieu merci, elle ne revint pas!

Je dus enfin rassembler tout mon courage pour reparaître un instant au bal. Aucun signe ne m'indiqua qu'on y eût remarqué mon absence ou qu'on l'eût interprétée d'une manière fâcheuse. Madame de Palme dansait, et laissait voir une gaieté qui tenait du délire. On passa bientôt dans la salle où le souper était servi, et je profitai du tumulte de ce moment pour me retirer.

Dès ce matin, j'ai demandé à madame de Malouet un entretien particulier. Il m'a semblé que je lui devais mon entière confidence. Elle l'a reçue avec une profonde tristesse, mais sans montrer de surprise.

— J'avais deviné, m'a-t-elle dit, quelque chose de semblable... Je n'ai pas dormi de la nuit. Je crois que vous avez fait le devoir d'un homme sage, — et d'un honnête homme. Oui, vous l'avez fait. Cependant, cela paraît bien dur! La vie du monde a cela de détestable qu'elle crée des caractères et des passions factices, des situations imprévues, des nuances insaisissables, qui compliquent étrangement la pratique du devoir et obscurcissent la voie droite, qui devrait toujours être simple et facile à reconnaître... Et maintenant, vous voulez partir, n'est-ce pas?

— Oui, madame.

— Soit; mais restez encore deux ou trois jours. Vous ôterez ainsi à votre départ l'apparence d'une fuite, qui, après ce qu'on a pu observer, aurait je ne sais quoi de ridicule et en même temps d'injurieux. C'est un sacrifice que je vous demande. Aujourd'hui, nous devons tous dîner chez madame de Breuilly: je me charge de vous excuser. De la sorte, cette journée du moins vous sera légère. Demain, nous ferons pour le mieux. Après-demain, vous partirez.

J'ai accepté cette convention. A bientôt donc, cher Paul... Que je me sens seul et abandonné! que j'ai besoin de serrer ta main ferme et loyale,... de t'entendre dire: "Tu as bien agi!"

VIII

10 octobre. Du Rozel.

Me voici rentré dans ma cellule, mon ami... Pourquoi l'ai-je quittée! Jamais homme n'a senti battre, entre ces froides murailles, un coeur plus troublé que mon misérable coeur! Ah! je ne veux pas maudire notre pauvre raison, notre sagesse, notre morale, notre philosophie humaines: n'est-ce pas ce qui nous reste encore de plus noble et de meilleur? Mais, Dieu du ciel! que c'est peu de chose! Quels guides suspects et quels faibles soutiens!

Ecoute un triste récit. — Hier, grâce à madame de Malouet, je restai seul au château tout le jour et toute la soirée. Je fus donc tranquille autant que je pouvais l'être. Vers minuit, j'entendis revenir les voitures, et bientôt après tout bruit cessa. Il était, je crois, trois heures du matin quand je fus tiré de l'espèce de torpeur fébrile qui me tient lieu de sommeil depuis quelques nuits, par le bruit très-rapproché d'une porte qu'on semblait ouvrir ou refermer dans la cour avec précaution. Je ne sais par quelle bizarre et soudaine liaison d'idées un incident si ordinaire attira mon attention et m'agita l'esprit. Je quittai brusquement le fauteuil dans lequel je m'étais assoupi, et je m'approchai d'une fenêtre: je vis distinctement un homme qui s'éloignait d'une allure discrète dans la direction de l'avenue. Il me fut facile de juger que la porte par laquelle il venait de sortir était celle qui donne accès dans l'aile du château contiguë à la bibliothèque. Cette partie de l'habitation contient plusieurs appartements consacrés aux hôtes de passage; je savais qu'ils étaient tous vides en ce moment, — à moins que madame de Palme, comme il arrivait souvent, n'eût pris pour la nuit le logement qui lui était toujours réservé dans ce pavillon.

Tu devines quelle étrange pensée me traversa le cerveau. Tantôt je la repoussais comme un épouvantable folie; tantôt, retrouvant, dans le champ d'une expérience déjà longue, des faits d'observation qui prêtaient de la vraisemblance à cette pensée, je l'accueillais avec une sorte d'ironie cynique, et j'aimais presque à l'admettre comme un dénoûment odieux mais décisif. — La première clarté de l'aube m'a surpris livré à ces angoisses mentales, évoquant mes souvenirs, examinant puérilement les circonstances les plus minutieuses qui pouvaient tendre à confirmer ou à détruire mes soupçons. J'ai dû enfin à l'excès de fatigue deux heures d'une accablement dont je suis sorti plus maître de ma raison. Je n'ai pu douter à mon réveil de l'apparition qui avait frappé mes yeux pendant la nuit; mais il m'a semblé que je l'avais interprétée avec une hâte folle, et que mon esprit malade lui avait attribué l'explication la moins vraisemblable. En supposant enfin que mes pires pressentiments dussent se trouver justifiés, j'avais lieu assurément de me sentir l'âme profondément attristée devant un témoignage si douloureux, si impudent, de la mobilité et de la perversité d'un coeur de femme; mais j'avais perdu tout droit de m'en montrer offensé: le plus vulgaire sentiment de dignité me faisait un devoir de l'indifférence, au moins apparente. S'il était possible qu'on eût cherché contre moi une vengeance à un tel prix, on n'en lirait pas du moins le succès sur mon visage. Quant à ma souffrance, je me disais, je me répétais que mon départ et mon éloignement lui enlèveraient bientôt ce qu'elle aurait de plus aigu et de plus insupportable.

Je suis descendu à dix heures et demie, comme de coutume. Madame de Palme était dans le salon: elle avait donc passé la nuit au château. Cependant, il m'a suffi de la voir pour perdre l'ombre même du soupçon. Elle causait d'un air tranquille au milieu d'un groupe. Elle m'a salué de son doux sourire habituel. Je me suis senti délivré d'un poids immense. J'échappais à un tourment d'une nature si pénible et si amère, que l'impression franche de ma douleur primitive, dégagée des honteuses complications dont j'avais pu la croire aggravée, me semblait presque aimable. Jamais mon coeur n'avait rendu à cette jeune femme un hommage plus tendre et plus ému. Je lui savais gré du fond de l'âme d'avoir rendu la pureté à ma blessure et à mon souvenir.

L'après-midi devait être consacrée à une promenade à cheval sur les bords de la mer. Dans l'effusion de coeur qui succédait aux anxiétés de la nuit, je me rendis très-volontiers aux instances de M. de Malouet, qui, s'appuyant de mon départ prochain, me pressait de l'accompagner à cette partie de plaisir. Notre cavalcade, recrutée, selon l'usage, de quelques jeunes gens des environs, sortait vers deux heures de la cour du château. Nous cheminions joyeusement depuis quelques minutes, et je n'étais pas le moins gai de la bande, quand madame de Palme est venue subitement se placer à côté de moi.

— Je vais commettre une lâcheté, a-t-elle dit; je m'étais pourtant bien promis,… mais j'étouffe!

Je l'ai regardée: l'expression égarée de ses traits et de ses yeux m'a soudain frappé d'effroi.

— Eh bien, a-t-elle repris d'une voix dont je n'oublierai jamais l'accent, vous l'avez voulu:… je suis une femme perdue!

Aussitôt elle a poussé son cheval et m'a quitté, me laissant atterré sous ce coup d'autant plus sensible que j'avais cessé de le craindre, et qu'il m'atteignait avec un raffinement que je n'avais pas même prévu. Il n'y avait eu, en effet, dans la voix de la malheureuse femme aucune trace d'insolente fanfaronnade: c'était la voix même du désespoir, un cri de douleur navrante et de timide reproche, — tout ce qui pouvait ajouter dans mon âme à la torture d'un amour souillé et brisé le désordre d'une pitié profonde et d'une conscience alarmée.

Quand j'ai eu la force de regarder autour de moi, je me suis étonné de mon aveuglement. Parmi les courtisans les plus assidus de madame de Palme figure un M. de Mauterne, dont l'éloignement pour moi, quoique contenu dans les limites du savoir-vivre m'a souvent paru revêtir une teinte presque hostile. M. de Mauterne est un homme de mon âge, grand, blond, d'une élégance plus robuste que distinguée, et d'une beauté régulière mais fade et empesée. Il a les talents du monde, beaucoup d'entreprises et nul esprit. Son air et sa conduite, dans le cours de cette fatale promenade, m'eussent appris dès le début, si j'avais eu l'idée de les observer, qu'il se croyait le droit de ne redouter désormais aucune rivalité près de madame de Palme. Il s'attribuait franchement le premier rôle dans toutes les scènes auxquelles elle se trouvait mêlée; il l'accablait de soins avec une mine importante et discrète; il affectait de lui parler à voix basse, et ne négligeait rien enfin pour initier le public au secret de sa faveur. A cet égard, il perdait ses peines: le monde, après avoir épuisé sa méchanceté sur des fautes imaginaires, semble jusqu'ici se refuser à l'évidence qui provoque vainement ses regards.

Pour moi, mon ami, il m'est difficile de te peindre le chaos d'émotions et de pensées qui se heurtaient et se confondaient en moi. Le sentiment qui me dominait peut-être avec le plus de violence, c'était celui de ma haine contre cet homme, d'un haine implacable, — d'une haine éternelle. J'étais, au reste, plus choqué, plus désolé que surpris du choix qu'on avait fait de lui; c'était le premier venu; on l'avait pris avec une sorte d'indifférence et de dédain, comme on ramasse une arme de suicide, lorsque le suicide est une fois résolu. — Quant à mes sentiments pour elle, tu les devines: nulle apparence de colère, une affreuse tristesse, une compassion attendrie, un remords vague, et par-dessus tout un regret passionné, furieux! Je savais enfin combien je l'avais aimée! Je comprenais à peine les raisons qui, deux jours auparavant, me semblaient si fortes, si impérieuses, et qui m'avaient paru établir entre elle et moi une barrière infranchissable. Tous ces obstacles du passé disparaissaient devant l'abîme présent, qui me semblait le seul réel, — le seul impossible à combler, le seul qui eût existé jamais! — Chose étrange! Je voyais clairement, aussi clairement qu'on voit le soleil, que l'impossible, l'irréparable était là, et je ne pouvais l'accepter,… je ne pouvais m'y résigner! Je voyais cette femme perdue pour moi aussi irrévocablement que si la tombe eût été fermée sur son cercueil, et je ne pouvais renoncer à elle!… Mon esprit s'égarait alors dans des projets, dans des résolutions insensées: je voulais chercher querelle à M. de Mauterne, le forcer à se battre sur l'heure… Je sentais que je l'aurais écrasé… Puis je voulais m'enfuir avec elle, l'épouser, la prendre avec sa honte après l'avoir refusée pure!… Oui, cette démence m'a tenté! Pour l'écarter de ma pensée, j'ai dû me répéter cent fois que le dégoût et le désespoir étaient les seuls fruits que pût porter jamais cette union d'une main flétrie et d'une main sanglante… Ah! Paul, que j'ai souffert!

Madame de Palme a montré, pendant toute la durée de la promenade, une surexcitation fiévreuse qui se trahissait surtout par de folles prouesses d'équitation. J'entendais par intervalles les éclats de sa gaieté exaltée qui résonnaient à mon oreille comme des plaintes déchirantes. Une seule fois encore, elle m'a adressé la parole en passant près de moi:

— Je vous fais horreur, n'est-ce pas? m'a-t-elle dit.

J'ai secoué la tête et j'ai baissé les yeux sans lui répondre.

Nous sommes rentrés au château vers quatre heures. Je gagnais ma chambre, quand un tumulte confus de voix, de cris et de pas précipités sous le vestibule m'a glacé le coeur. Je suis redescendu à la hâte; on m'a dit que madame de Palme venait de tomber dans une violente crise nerveuse. On l'avait portée dans le salon. J'ai reconnu à travers la porte la voix douce et grave de madame de Malouet, à laquelle se mêlait je ne sais quel vagissement pareil à celui d'un enfant malade. — Je me suis enfui.

J'étais décidé à quitter sans retard ce lieu de malheur. Rien n'eût pu m'y retenir un instant de plus. Ta lettre, qu'on m'avais remise au retour, m'a servi à colorer d'un prétexte vraisemblable mon départ improvisé. On connaît ici l'amitié qui nous lie. J'ai dit que tu avais besoin de moi dans les vingt-quatre heures. J'avais eu soin, à toute occurrence, de faire venir depuis trois jours une voiture et des chevaux de la ville la plus proche. En quelques minutes, mes préparatifs ont été achevés; j'ai donné au cocher l'ordre de partir en avant et d'aller m'attendre à l'extrémité de l'avenue, pendant que je ferais mes adieux. — M. de Malouet m'a paru n'avoir aucun soupçon de la vérité: le bon vieillard s'est attendri en recevant mes remercîments, et m'a réellement témoigné une affection singulière et sans proportion avec la brève durée de nos relations. J'ai à peine eu moins à me louer de M. de Breuilly. Je me reproche la caricature que je t'ai donnée un jour pour le portrait de ce noble coeur.

Madame de Malouet a voulu m'accompagner dans l'avenue quelques pas plus loin que son mari; je sentais son bras trembler sous le mien, pendant qu'elle me chargeait de quelques commissions indifférentes pour Paris. Au moment où nous allions nous séparer et comme je serrais sa main avec effusion elle m'a retenu doucement.

— Eh bien, monsieur, m'a-t-elle dit d'une voix presque éteinte, Dieu n'a point béni notre sagesse!

— Madame, nos coeurs lui sont ouverts;… il a dû lire notre sincérité… Il voit ce que je souffre; d'ailleurs, j'espère humblement qu'il me pardonne.

— N'en doutez pas,… n'en doutez pas, a-t-elle repris d'un accent brisé. Mais elle! elle!… Ah! pauvre enfant!

— Ayez pitié d'elle, madame. Ne l'abandonnez pas. Adieu!

Je l'ai quittée à la hâte, et je suis parti; mais, au lieu de m'acheminer vers le bourg de ***, je me suis fait conduire sur la route de l'abbaye jusqu'au haut des collines; j'ai prié le cocher d'aller seul au bourg et de revenir me prendre demain de grand matin à la même place. Mon ami, je ne puis t'expliquer la tentation bizarre et irrésistible qui m'a pris de passer une dernière nuit dans cette solitude où j'ai été si tranquille, si heureux, et il y a si peu de temps, mon Dieu!

Me voici donc dans ma cellule. Qu'elle me paraît froide, sombre et triste! Le ciel aussi s'est mis en deuil. Depuis mon arrivée dans ce pays et malgré la saison, je n'avais vu que des jours et des nuits d'été. Ce soir, un glacial ouragan d'automne s'est déchaîné sur la vallée; le vent siffle dans les ruines et en arrache des fragments qui tombent lourdement sur le sol. Une pluie violente bat mes vitraux. Il me semble qu'il pleut des larmes!

Des larmes! j'en ai le coeur rempli,… et pas une ne veut monter jusqu'à mes yeux! — J'ai prié pourtant, j'ai prié Dieu longuement, — non pas, mon ami, ce Dieu insaisissable que nous poursuivons vainement au delà des étoiles et des mondes, mais le seul Dieu vraiment secourable aux affligés, le Dieu de mon enfance, — le Dieu de cette pauvre femme!

Ah! je ne veux plus songer qu'à mon retour près de toi. Après-demain, mon ami, et peut-être avant que cette lettre

. . . .

Viens, Paul! Si tu peux quitter ta mère, viens, je t'en supplie, viens me soutenir. Dieu me frappe!

J'écrivais cette ligne interrompue, quand, au milieu des bruits confus de la tempête, mon oreille a cru saisir le son d'une voix, d'une plainte humaine. Je me suis jeté à ma fenêtre; je me suis penché au dehors pour percer les ténèbres, et j'ai entrevu sur le sol noir et inondé une forme vague, une sorte de paquet blanchâtre. En même temps, un gémissement plus distinct est monté jusqu'à moi. — Une lueur de la terrible vérité m'a traversé l'esprit comme une lame aiguë. — J'ai gagné dans la nuit la porte du moulin; près du seuil, j'ai vu un cheval abandonné; il portait une selle de femme. Je me suis précipité en courant vers l'autre face des ruines, et, dans le clos qui est situé sous la fenêtre de ma cellule et qui garde encore des traces de l'ancien cimetière des moines, j'ai trouvé l'infortunée. Elle était là, assise et comme écrasée sur une vieille dalle tumulaire, grelottant de tous ses membres sous les torrents d'eau glacée qu'un ciel impitoyable versait sans relâche sur sa légère toilette de fête. J'ai saisi ses deux mains, essayant de la relever.

— Ah! malheureuse enfant! qu'avez-vous fait? ah! malheureuse!

— Oui, bien malheureuse! a-t-elle murmuré d'une voix faible comme un souffle.

— Mais vous vous tuez!

— Tant mieux!… tant mieux!

— Vous ne pouvez rester là!… Venez!…

J'ai vu qu'elle était hors d'état de se soutenir.

— Ah! Dieu bon! Dieu puissant! que faire?... Qu'allez-vous devenir maintenant? Que voulez-vous de moi?...

Elle n'a pas répondu. Elle tremblait, et ses dents se heurtaient. Je l'ai enlevée dans mes bras et je l'ai emportée. On réfléchit vite dans de tels instants. Aucun moyen imaginable pour la faire sortir de cette vallée, où les voitures ne peuvent pénétrer. Rien n'était désormais possible pour sauver son honneur; il ne fallait plus songer qu'à la vie. J'ai gravi rapidement les degrés de ma cellule, et je l'ai déposée dans un fauteuil près du foyer, que j'ai rallumé à la hâte; puis j'ai réveillé mes hôtes. J'ai donné à la meunière une explication vague et confuse. Je ne sais ce qu'elle en a compris, mais c'est une femme, elle a eu pitié. Elle a rendu à madame de Palme les premiers soins. Son mari est parti aussitôt à cheval, portant à la marquise de Malouet ce billet de ma main:

"Madame,

"Elle est ici, mourante. Au nom du Dieu de miséricorde, je vous invoque, je vous conjure... Venez consoler, venez bénir celle qui ne peut plus attendre que de vous en ce monde des paroles de bonté et de pardon.

"Veuillez dire à madame de Pontbrian ce que vous jugerez nécessaire."

Elle me demandait. Je suis retourné près d'elle. Je l'ai trouvée encore assise devant le feu. Elle n'avait pas voulu se laisser mettre dans le lit qu'on lui avait préparé. En m'apercevant, — singulière préoccupation de femme! — sa première pensée a été pour le costume de paysanne contre lequel elle venait d'échanger ses vêtements imprégnés d'eau et souillés de boue.

Elle s'est mise à rire en me le montrant; mais son rire s'est tourné presque aussitôt en convulsions que j'ai eu de la peine à calmer.

Je m'étais placé près d'elle: elle ne pouvait se réchauffer; elle avait une horrible fièvre; ses yeux étincelaient. Je l'ai suppliée de consentir à prendre le repos complet qui convenait seul à son état.

— A quoi bon? m'a-t-elle dit. Je ne suis pas malade. Ce qui me tue, ce n'est pas la fièvre; ce n'est pas le froid, c'est la pensée qui me brûle là (elle se frappait le front); c'est la honte, — c'est votre mépris et votre haine, — bien mérités maintenant!

Mon coeur a éclaté, Paul; je lui ai dit tout, ma passion, mes regrets, mes remords! J'ai couvert de baisers ses mains tremblantes, son front glacé, ses cheveux humides… J'ai répandu dans sa pauvre âme brisée tout ce que l'âme d'un homme peut contenir de tendresse, de pitié, d'adoration! Elle a su que je l'aimais; elle n'a pu en douter!

Elle m'a écouté avec ravissement.

— C'est maintenant, m'a-t-elle dit, c'est maintenant qu'il ne faut pas me plaindre. Jamais je n'ai été si heureuse de ma vie. Je ne méritais pas cela… Je ne puis rien souhaiter de plus,… rien espérer de mieux;… je ne regretterai rien.

Elle s'est assoupie. Ses lèvres entr'ouvertes ont un sourire pur et paisible; mais elle est prise par intervalle de tressaillements terribles, et ses traits s'altèrent profondément.

Je la veille en t'écrivant.

Madame de Malouet vient d'arriver avec son mari. Je l'avais bien jugée! Sa voix et ses paroles ont été d'une mère. Elle avait eu soin d'amener son médecin. La malade est couchée dans un bon lit, entourée, aimée. Je suis plus tranquille, quoique un délire effrayant se soit déclaré à son réveil.

Madame de Pontbrian a refusé absolument de venir auprès de sa nièce. Elle aussi, je l'avais bien jugée, l'excellente chrétienne!

Je me suis fait le devoir de ne plus mettre le pied dans la cellule, que madame de Malouet ne quitte plus. La contenance de M. de Malouet m'épouvante, et cependant il m'assure que le médecin ne s'est pas encore prononcé.

Le médecin est sorti. J'ai pu lui parler.

— C'est, m'a-t-il dit, une fluxion de poitrine compliquée d'une fièvre cérébrale.

— Cela est bien grave, n'est-ce pas?

— Très-grave.

— Mais le danger est-il immédiat?

— Je vous le dirai ce soir. L'état est si violent, qu'il ne peut durer longtemps. Il faut que la crise s'atténue ou que la nature cède.

— Vous n'espérez rien, monsieur?

Il a regardé le ciel et s'est éloigné.

Je ne sais pas ce qui se passe en moi, mon ami... Tous ces coups se succèdent si vite! C'est la foudre.

Cinq heures du soir.

On a mandé à la hâte le prêtre que j'ai souvent rencontré au château. C'est un ami de madame de Malouet, un vieillard simple et plein de charité. Il est sorti un instant de cette chambre funeste; je n'ai osé l'interroger. J'ignore ce qui se passe. Je redoute de l'apprendre, et cependant mon oreille recueille avidement les moindres bruits, les sons les plus insignifiants: une porte qui se ferme, un pas plus rapide dans l'escalier, me frappent de terreur.

Pourtant... si vite! C'est impossible!

Paul! mon ami,… mon frère! Où es-tu?… Tout est fini!

Il y a une heure, j'ai vu descendre le médecin et le prêtre. M. de Malouet les suivait.

— Montez, m'a-t-il dit. Allons! du courage, monsieur. Soyez homme.

Je suis entré dans la cellule: madame de Malouet y était demeurée seule; elle était à genoux près du lit, et m'a fait signe de m'approcher.

J'ai regardé celle qui allait cesser de souffrir. Quelques heures avaient suffi pour empreindre tous les ravages de la mort sur ce visage charmant; mais la vie et la pensée rayonnaient encore dans ses yeux: elle m'a reconnu aussitôt.

— Monsieur,… m'a-t-elle dit.

Puis, se reprenant après une pause:

— George, je vous ai bien aimé. Pardonnez-moi d'avoir empoisonné votre vie de ce triste souvenir!

Je suis tombé sur mes genoux; j'ai voulu parler, je ne le pouvais pas; mes larmes coulaient brûlantes sur sa main déjà inerte et froide comme un marbre.

— Et vous aussi, madame, a-t-elle repris, pardonnez-moi la peine,… le mal que je vous fais!

— Mon enfant! a dit la vieille dame, je vous bénis du fond du coeur.

Puis il y a eu un silence, au milieu duquel j'ai entendu tout à coup un soupir profond et brisé… Ah! ce soupir suprême, ce dernier sanglot d'une mortelle douleur, Dieu aussi l'a entendu, il l'a recueilli!

Il l'a entendu!… il entend aussi ma prière ardente, éplorée!… il faut que je le croie, mon ami. Oui, pour ne pas céder en ce moment à quelques tentation de désespoir, il faut que je croie fermement à un Dieu qui nous aime, qui voit d'un oeil attendri les déchirements de nos faibles coeurs,… qui daignera un jour de sa main paternelle refaire les noeuds brisés par la cruelle mort!… Ah! devant la dépouille inanimée d'un être adoré, quel coeur assez desséché, quel cerveau assez flétri par le doute pour ne pas repousser à jamais l'odieuse pensée que ces mots sacrés: Dieu, justice, amour, immortalité, ne sont que de vaines syllabes qui n'ont point de sens!

Adieu, Paul. Tu sais ce qui me reste à faire. Si tu peux venir, je t'attends; sinon, mon ami, attends-moi. Adieu.

IX

LE MARQUIS DE MALOUET A M. PAUL B...
A PARIS

Château de Malouet, 20 octobre.

Monsieur, c'est pour moi un devoir aussi impérieux que pénible de vous retracer les faits qui ont amené le malheur suprême dont une voie plus prompte vous a porté la nouvelle avec tous les ménagements qui nous ont été permis, malheur qui achève d'accabler nos âmes, déjà si cruellement éprouvées. Vous le savez, monsieur, quelques semaines, quelques jours nous avaient suffi, à madame de Malouet et à moi, pour connaître, pour apprécier votre ami, pour lui vouer une éternelle affection, qui devait se changer trop tôt en un éternel regret.

Je en vous parlerai point, monsieur, des tristes circonstances qui ont précédé cette dernière catastrophe. Vous n'ignorez, je le sais, aucun trait de la fatale passion qu'avaient inspirée à une malheureuse jeune femme les mérites et les qualités que nous sommes réduits à pleurer aujourd'hui. Je ne vous dirai rien des scènes de deuil qui ont suivi la mort de madame de Palme. Un autre deuil les recouvre déjà dans notre souvenir.

90

La conduite de M. George durant ces tristes journées, la sensibilité profonde et en même temps l'élévation morale dont il ne cessa de nous donner le spectacle, avaient achevé de lui gagner nos coeurs. J'aurais voulu vous le renvoyer aussitôt, monsieur; je voulais l'éloigner de ce lieu désolé, je voulais le conduire moi-même dans vos bras, puisqu'une préoccupation douloureuse vous retenait à Paris; mais il s'était imposé le devoir de ne pas abandonner si promptement ce qui restait de l'infortunée.

Nous l'avions recueilli près de nous; nous l'entourions de nos soins. Il ne sortait du château que pour faire chaque jour à deux pas un pieux pèlerinage. Sa santé cependant s'altérait visiblement. Avant-hier, dans la matinée, madame de Malouet le pressa de nous accompagner, M. de Breuilly et moi, dans une promenade à cheval. Il y consentit, quoique avec peine. Nous partîmes. Chemin faisant, il se prêta de tout son courage aux efforts que nous tentions pour l'engager dans notre entretien, et le tirer de son accablement. Je le vis sourire pour la première fois depuis bien des heures, et je commençais à espérer que le temps, la force d'âme, les soins de l'amitié pourraient rendre un peu de calme à son souvenir, quand, au détour de la route, un hasard déplorable nous mit face à face avec M. de Mauterne.

Ce jeune homme était à cheval: deux amis et deux dames l'accompagnaient. Nous suivions le même direction de promenade; mais son allure était plus rapide que la nôtre: il nous dépassa en nous saluant, et je ne remarquai pour moi dans son air rien qui pût attirer l'attention. Je fus donc fort surpris d'entendre M. de Breuilly, l'instant d'après, murmurer entre ses dents:

— Ceci est une infâme lâcheté!

M. George, qui, au moment de la rencontre, avait pâli et détourné légèrement la tête, regarda vivement M. de Breuilly:

— Quoi donc, monsieur? de quoi parlez-vous?

— De l'insolence de ce fat!

J'interpellai M. de Breuilly avec force, lui reprochant sa manie querelleuse, et affirmant qu'il n'y avait eu trace de provocation ni dans l'attitude ni sur les traits de M. de Mauterne, lorsqu'il avait passé près de nous.

— Allons, mon ami, reprit M. de Breuilly, vous avez fermé les yeux — ou vous avez dû voir, comme je l'ai vu, que le misérable a ricané en regardant monsieur! Je ne sais pas pourquoi vous voulez que monsieur supporte une insulte que ni vous ni moi ne supporterions!

Cette malheureuse phrase n'était pas achevée, que M. George avait mis son cheval au galop.

— Es-tu fou? dis-je à Breuilly, qui essayait de me retenir, — et que signifie cette invention-là?

— Mon ami, me répondit-il, il fallait distraire cet enfant à tout prix.

Je haussai les épaules, je me dégageai, et je m'élançai sur les pas de M. George; mais, étant mieux monté que moi, il avait pris une avance considérable. J'étais encore à une centaine de pas, quand il joignit M. de Mauterne, qui s'était arrêté en l'entendant venir. Il me sembla qu'ils échangeaient quelques paroles, et je vis presque aussitôt la cravache de M. George fouetter à plusieurs reprises et avec une sorte d'acharnement le visage de M. de Mauterne. Nous arrivâmes seulement à temps, M. de Breuilly et moi, pour empêcher que cette scène ne prît un odieux caractère.

Une rencontre étant malheureusement devenue inévitable entre ces deux messieurs, nous dûmes emmener avec nous les deux amis qui accompagnaient Mauterne, MM. de Quiroy et Astley, ce dernier Anglais. M. George nous précéda au château. Le choix des armes appartenait, sans aucun doute possible, à notre adversaire. Cependant, ayant remarqué que ses deux témoins semblaient hésiter, avec une sorte d'indifférence ou de circonspection, entre l'épée et le pistolet, je pensai que nous pourrions, avec un peu d'adresse, faire pencher leur décision dans le sens qui nous serait le moins défavorable. Nous prîmes donc préalablement, M. de Breuilly et moi, l'avis de M. George. Il se prononça immédiatement pour l'épée.

— Mais, lui fit observer M. de Breuilly, vous tirez fort bien le pistolet: je vous au vu à l'oeuvre. Etes-vous sûr d'être plus habile à l'épée? Ne vous y trompez pour Dieu pas, ceci est un combat à mort!

— J'en suis convaincu, répondit-il en souriant; mais je tiens beaucoup à l'épée, autant que cela sera possible.

Sur l'expression d'un désir si formel, nous ne pouvions que nous croire heureux d'obtenir le choix de cette arme. Il fut effectivement résolu, et la rencontre fixée au lendemain neuf heures.

Pendant le reste de la journée, M. George montra une liberté d'esprit et même par intervalles une gaieté dont nous fûmes tout surpris, et que madame de Malouet en particulier ne savait comment s'expliquer. Ma pauvre femme ignorait, bien entendu, ces derniers événements.

A dix heures, il se retira, et je vis encore de la lumière chez lui deux heures plus tard. Poussé par ma vive affection et par je ne sais quelle inquiétude vague dont j'étais poursuivi, j'entrai vers minuit dans sa chambre; je le trouvai fort tranquille: il venait d'écrire et apposait son cachet sur quelques enveloppes.

— Voilà! me dit-il en me mettant ces papiers dans la main. A présent, le plus fort est fait, ajouta-t-il, et je vais dormir comme un bienheureux.

Je crus devoir lui donner encore quelques conseils techniques sur le jeu de l'arme dont il devait bientôt se servir. Il m'écouta avec distraction; puis, avançant son bras tout à coup :

— Voyez mon pouls, dit-il.

Je lui obéis, et je m'assurai que son calme et son animation n'avaient rien d'affecté ni de fébrile.

— Avec cela, reprit-il, on n'est tué que quand on le veut bien. Bonsoir, cher monsieur.

Je l'embrassai et je le quittai.

Hier, à huit heures et demie, nous étions rendus, M. George, M. de Breuilly et moi, dans un chemin écarté, situé à égale distance de Malouet et de Mauterne, et qui avait été désigné pour lieu du duel. Notre adversaire arriva presque aussitôt, accompagné de MM. de Quiroy et Astley. Le caractère de l'insulte n'admettait aucune tentative de conciliation. On dut procéder immédiatement au combat.

A peine M. George s'était-il mis en garde, que nous ne pûmes douter de sa complète inexpérience au maniement de l'épée. M. de Breuilly me jeta un regard de stupeur. Toutefois, quand les lames se furent croisées, il y eut une apparence de combat et de défense: mais, dès la troisième passe, M. George tomba, la poitrine traversée.

Je me précipitai sur lui: la mort le prenait déjà. Cependant, il me serra faiblement la main, sourit encore, puis m'exprima d'un dernier souffle sa dernière pensée, qui fut pour vous, monsieur:

— Dites à Paul que je l'aime, que je lui défends la vengeance, que je meurs… heureux.

Il expira.

Je n'ajouterai rien, monsieur, à ce récit. Il n'a été que trop long, il m'a coûté beaucoup; mais je vous devais ce compte fidèle et doulou-reux. J'ai dû croire en outre que votre amitié voudrait suivre jusqu'au dernier instant cette existence qui vous fut si chère, et à si juste titre. Maintenant, vous savez tout, vous avez tout compris, même son silence.

Il repose près d'elle. Vous viendrez sans doute, monsieur. Nous vous attendons. Nous pleurerons avec vous ces deux êtres bien-aimés, tous deux bons et charmants, foudroyés tous deux par la passion, et saisis par la mort avec une rapidité poignante au milieu des plus douces fêtes de la vie.

erreurs typographiques corrigées silencieusement:

Chapitre 1: =son imaginative= remplacé par =ton imaginative=

Chapitre 1: =te peint= remplacé par =se peint=

Chapitre 1: =se paraît= remplacé par =se parait=

Chapitre 5: =— Au même instant= remplacé par =Au même instant=

Chapitre 6: =— Telle fut la réponse= remplacé par =Telle fut la réponse=

Chapitre 6: =Avant-hier;= remplacé par =Avant-hier,=

Chapitre 6: =pardon!.. Vous= remplacé par =pardon!… Vous=

Chapitre 6: =Elle l'accueillera= remplacé par =— Elle l'accueillera=

Chapitre 6: =faire ici;..= remplacé par =faire ici;…=

Chapitre 7: =mondaine. Ellle= remplacé par =mondaine. Elle=

Chapitre 7: =pareille chose?..= remplacé par =pareille chose?…=

Chapitre 7: =comme je le voudrai,= remplacé par =comme je le voudrai.=

Chapitre 7: =de l'âme!..= remplacé par =de l'âme!…=

Chapitre 7: =A Bientôt donc= remplacé par =A bientôt donc=

Chapitre 8: =vraissemblance= remplacé par =vraisemblance=

Chapitre 9: =ne prit un= remplacé par =ne prît un=

Chapitre 9: =Mais lui fit observer= remplacé par =Mais, lui fit observer=

Chapitre 9: =— Sur l'expression= remplacé par =Sur l'expression=

Chapitre 9: =Je me précipitait= remplacé par =Je me précipitai=